U0033228

郭桂玲

著

竊笑的憤怒鳥

歷史傳承古往今來，
書寫建構一座文學的城市

　　文學，可以被視為是一座城市中，最具價值的永恆礦脈。漫步在巷弄裡的美好日常，百態生活在文人筆下變得立體清晰，遊走於歷史與建築之間，觸碰空間與記憶的標籤。臺南擁有絕佳的地理人文，先天豐沃的文化底蘊，多少作家借以筆墨書寫，吟詩作賦，淬鍊出城市裡不同質地的精華。

　　臺南作家作品集出版至今，已來到第十二輯，今年入選的五部作品，各自展現出獨有的生動氣韻：由王雅儀所編的《李步雲漢詩選集》，從詩人李步雲的人生經歷，到相關史料文獻的彙整，包括過去參與文壇活動的紀錄，並深入作品之中探究其詩觀及其特色，實屬可貴；由作家粟耘的夫人謝顗編選的《停雲——粟耘散文選》，在其編選的散文之中，處處可見夫妻兩人的相知相惜，以及隱居山林後的恬適日常，編選用心更留下無限感念與情思。

　　散文寫下作家最切身的經歷體悟，詩人以精煉的文字詞彙，為詩句注入想像的力量。王羅蜜多一手寫小說，一手寫詩，這幾年嘗試不同文體形式的創作。睽違多年的詩集《解

剖一隻埃及斑蚊》，將他過往獲獎或遺珠之作，以及陸續對照心境轉折的其他創作，重新梳理後集結成冊。

　　寫出地方人情，城市風味的方秋停，成長的歷程與所見所為，都成為她創作的養分，《木麻黃公路》有著勇氣與寬容，愛與珍惜的各種點滴；將繪畫的色彩帶入創作，生命的廣度與藝術之美，成了郭桂玲寫作的獨特視角，用各種細節堆疊出人物的真情流露，《竊笑的憤怒鳥》更像是懸掛在城市裡，一幅幅令人傾心的小品畫作。

　　傳承古往今來，小說打造出生動的虛擬世界，要想進一步認識一座城市的美，得從文學開始。走進一座城市，探究城市裡的人文與精神，就能寫出靈魂的本來模樣，也能描繪出一個時代的輪廓與氣質。體悟生命的真諦，亦是寫作的本質，書寫歷史成為記錄，把社會的發展與環境變遷，化為創作題材。

　　若要建構一座名為文學的城市，就要從「臺南」開始書寫。無論世代青壯，作家們寫作採集的行為，不僅往城裡、城外去挖掘，甚至大聲談論各種真實的議題，讓這片沃土變得更加獨特鮮活。因為文學，我們再次看見了人，以及這座城市最真實的面貌。

臺南市　市長　黃偉哲

文彩筆墨如蝶飛舞，
打開書寫與日月爭光

　　四季如歌，風月秋花，歷史隨時光的流逝而沉澱，積累出獨有的文化底蘊文學亦是見證歷史的另一種方式，不同世代的作家，人人筆耕不輟，將自身的心境意念，抒發寄情於詩文、小說等文學體裁之中。

　　文人字字生花，如墨蝶在方格間翩翩飛舞，振筆疾書之際，更將自身對生命的感念，凝縮於書扉紙頁之上。創作需要恆心毅力，有時更是孤獨的。傳承先代前人的開拓精神，寫下對人生的觀照領會，以及對這片土地的情懷和感激。

　　臺南作家作品集是一長期的出版計劃，此系列旨於深耕臺南在地的創作能量，納入新舊世代的觀點，以及對臺南文學的展望與想像。每年持續出版多部精彩的作品，也為城市累積出更為深厚的文學群像。從地景、建築到歷史記憶，市鎮繁華的喧囂日常，沿海風和日麗的自然生態，這些城市的肌理也忠實地體現在作家的書寫之間。

　　今年選出的五部作品，分別為：李步雲著，由王雅儀所編的《李步雲漢詩選集》，內容以臺南麻豆出生，本名李漢

忠，詩人李步雲的漢詩作品為研究對象，大量收集完整的史料記錄，更將詩人的創作生平仔細彙整；粟耘著，由謝顗編選的《停雲——粟耘散文選》，集結粟耘過去數十篇的作品，如雲彩輕盈的文字，搭配墨彩的插畫，使文中有畫，畫中有文的呈現更顯珍貴。

詩人王羅蜜多的《解剖一隻埃及斑蚊》，已是睽違八年的華語詩集出版，詩人將過去十年累積的閩華語詩中精選，重新解剖並同時審視自己，創作的初心與起念；以自己的家鄉臺南來敘事，作家方秋停在《木麻黃公路》中，將往昔所見之種種變遷，轉為寫作的題材；從事美術教學的作家郭桂玲，將透過藝術之眼，寫下平凡之中不同的面相，《竊笑的憤怒鳥》也藉此傳達正向思考的生命態度。

以城市作為發展故事的藍本，作家寫下歲月的腳步，用文字紀錄著生活的氣息，嵌入內在情感與價值的作品，往往使人留下深刻印象。城市因人而有了溫度，人因體驗而有了更多的想像。打開書寫，創造更大的敘事舞台，這座城市的自由與廣闊，能與日月爭光，與萬物爭鳴。

臺南市政府文化局 局長

葉澤山

主編序
文學行道樹風景

　　二〇二二年第十二輯《臺南作家作品集》要出版了，這不只是臺南市的年度要事，更是臺灣藝文、出版界的盛事，因爲臺南市政府累積十一集、七十餘本的成績，已經建立了優良的口碑。

　　今年徵選作品九件，通過審查予以出版者五件。其中兩件是評選委員推薦作品：《李步雲漢詩選集》、《停雲——粟耘散文集》，應徵作品入選三件，分別是：王羅蜜多的詩集《解剖一隻埃及斑蚊》、方秋停散文集《木麻黃公路》、郭桂玲短篇小說集《竊笑的憤怒鳥》。這些作家（含推薦）的共同特色，就是著作豐富，且都是各種文學獎項的常勝軍。

　　《李步雲漢詩選集》，由國立臺灣文學館研究員王雅儀主編，全書六章，除了從李步雲（本名李漢忠，1985～1995，麻豆人）約一千七百首古典詩作中精選五百六十首以饗讀者，還蒐集了照片、發表紀錄、日記、研究篇章等相關資料，甚至做了文學年表，是一本相當完備的研究資料集。

李步雲生前活躍於吟社，其詩亦多屬擊缽性質，個人感懷抒寫性情者雖少，但亦為嚴謹之作，頗有可觀。

《停雲——粟耘散文集》由粟耘的夫人——散文作家謝顗選編。粟耘（本名粟照雄，1945～2006）是臺北關渡人，中年後居住麻豆。早年即以「粟海」之名馳譽畫壇，書、畫、文，都著有成績，出版著作二十餘冊，曾獲金鼎獎和優良文藝作品獎等。他的文字簡淨而意境深遠，在日常生活中靜觀萬物事理而自得情趣與妙旨，物我渾融的情境讀之令人悠然神往。

《解剖一隻埃及斑蚊》，作者為府城資深畫家詩人王羅蜜多（本名王永成，1951～），選錄其二〇一二迄二〇二一年華語詩七十一首。詩人在二〇一五年後，轉向關注臺語文學，以臺語創作詩與小說，也頻頻獲獎，特別是兩種文類都曾獲臺灣文學獎，為臺語文學的豐富、發展，貢獻良多。他追求寫作的自由，自承：「在華語創作中紮根，在母語寫作中得到解放。」寫作的質與量，都是老而彌壯。

《木麻黃公路》，作者方秋停（1963～），除了臺灣各地方文學獎如探囊取物外，幾個重要文學獎：林榮三文學獎、吳濁流文學獎、梁實秋文學獎、時報文學獎等也都收在她的文學行囊中。本書收其近十年散文三十四篇，她的作品與她生活的時空、經歷的人事結合很深，「為愛與感動不停

書寫」、「寫出值得記憶的愛和感動」是她的創作追求，也是賦予自己的創作使命。

《竊笑的憤怒鳥》，作者郭桂玲，是臺南知名的美術教育工作者、插畫家、繪本作家。跨界寫作，也繳出亮麗的成績單。本書是她的十篇短篇小說創作集，寫作動機來自生活或聽聞的觸發，題材則多與藝術創作和教學相關。作者的創作理想是「透過藝術的追尋或學習」提升生命的境界。對於文學創作，她致力「傳達正向思考的生命態度，兼寫臺灣城市之美與特色」。

臺南作家作品集從種下第一棵樹到今天，已經蔚然形成文學城市的行道樹風景，迎風展姿。站在今年種下的這五棵樹下，左顧右盼，願這排行道樹能蜿蜒到遼敻的遠方。

國立高雄師範大學國文學系退休教授　李若鶯

自序

　　這幾年陸續寫了一些文章，以生活散文或旅繪圖文為主，但對小說的喜愛依然沒法割愛，雖然創作篇數不多但也未完全中斷。陸陸續續寫了許多短篇小說。

　　因為本身從事美術教學工作的關係，生活的面向中所接觸到的事物多以藝術相關為主，收錄在這本小說集裡的篇章共十篇也都是與繪畫、陶藝、攝影……等藝術相關的短篇小說故事，取材於生活或聽聞。

　　其中有幾篇獲選臺灣地方性文學獎小說獎項，尤其以自己居住的臺南地景文化為主。十篇小說的重心與主軸都在闡述人們透過藝術的追尋或學習，克服生活中的障礙和所限，開啟生命更廣、更深度的可能性。

　　透過小說傳達正向思考的生命態度並兼寫臺灣城市之美與特色，是我想在小說寫作裡放入的中心思想。希望讀者在

酸甜苦辣的各式生活情境中，藉由文學、藉由小說的閱讀，獲得更多喜悅滋養。

在此特別感謝文化局能將此書出版，也特別感謝小說寫作路上教導過的我的老師，尤其是張堂錡與許榮哲老師，他們啟迪了我許多小說寫作的技巧和面相，讓我這位美術人也能跨界當個小說創作者。還有張欣芸、黃沼元、胡遠智、陳韋任、許淑娟……多位文友的引領、切磋和鼓勵，讓文學的道路不斷前行。

最後，再次感謝滋養我的臺南土地，這裡的人事物是我創作的源泉，希望我能不斷寫作下去。

目次

遇見薛淑芬

　　對我這樣的五年級生來說，一定會有叫淑芬的角色在生命裡落腳或徘徊，因為我們那個時代的女生菜市場名第一名不是怡君也不是雅婷，而就是淑芬。

　　在菜市場裡大喊淑芬兩字，打包票，眞的有一大落女生會回頭看你，認爲你在叫她。實在想不透取個名字有這麼難嗎，爲什麼大家都搶著去取這麼平凡又通俗的名字呢？還是那個時代的算命師都串通好了，都說這個名字大吉大利。從小到大我遇過的淑芬就有十幾位，其中最熟的就是我的堂妹陳淑芬。國中同學有位叫廖淑芬的，我們都叫她六十分。高中有位很麻吉的同學叫林淑芬，本來是死黨掛的角色，也在畢業後因跟我借了三萬元後，沒歸還，從此人間蒸發，連現在臉書、網路這麼發達也通通全無音訊，林淑芬三個字好像就永遠留在高中的記憶裡了，帶著既歡愉又惆悵的記憶啊。

大學也有兩位叫淑芬的學姊，一位叫黃淑芬，一位叫孫淑芬，可能下幾屆的學妹也有吧。工作場合裡也遇過好幾位叫淑芬的，但都沒有很深的交情。

　　想想，有的人跟你很投緣，但緣分並不深，交會一下就分開了。有的人你不看重也不喜歡，但老天爺卻安排你們有很深厚的緣分。像我就跟一位姓鄧的同學，從幼稚園一路同班到國中三年畢，其中不管怎們分班都依然是同班，但她是我功課上的競爭對手，也是話不投機的同學，但老天爺就是安排你們有很深的緣分，要當同學十年。但真要回想，這位叫薛淑芬的小學同學也是一路從一年級同班到六年級，而且老師老愛把我跟她的坐位排在一起，要我照顧她。

　　沒想到從我離開臺南家鄉又到彰化唸書，在外地晃了一圈再回故鄉教畫畫後，她又出現在我的生活視線裡。幾乎三天兩頭就見到她，不過她就是你喊她的名字，她不會回頭的另類淑芬，不是她不想理你，而是她根本不知道你叫的是她。

　　「薛淑芬，我是妳國小同學妳還記得嗎？」有一次我們在住家附近的馬路口等紅燈時相遇，我問她。

　　她完全沒有回應，只是張著她黑白分明的大眼睛望向我，把我當成喃喃自語的路人甲般瞄了一下，就又晃著她搖擺的慢踱身姿踏往馬路的一端，把我拋在一邊。我就明白了，她遺忘我了，不，也許她從來就不曾記憶過我吧。

雖然小時候她常常坐在我的旁邊，她老掛著一行鼻涕的討厭模樣我至今還深深記得，好想遺忘也遺忘不了。

唉，關於緣份這事情都是老天爺在主宰安排的。薛淑芬；一位妳不喜歡的人物卻又一直出現在生活週遭，是有什麼奇異的緣是從上輩子就結的嗎？

我胡思亂想起來。

說起薛淑芬，跟生命中出現過的淑芬不太一樣，她總是不回應妳，但有時候又會從嘴巴吐出一兩個詞彙說「好，不知道，我要回家」所以妳永遠搞不清楚她究竟懂不懂妳的意思。

雖然我跟她小學同班六年，但她為什麼會變成這樣都是聽聞來的，傳說總是不知真假。

傳說她小時候因為發高燒的關係，燒壞了腦子，所以智商一直停留在幼兒時期，她的媽媽一直對她很愧疚所以特別疼愛有加。每個見到薛淑芬的人都會替她惋惜，因為她的眼睛大、鼻子挺，五官立體，如果不是腦子燒壞了，鼻子下老掛著兩行鼻涕、嘴巴永遠呈現合不起來翹嘴傻笑狀、全身常弄得髒兮兮的，其實本質上是個美人胚子。所以惋惜是人們對她的第一感受。

但要是妳跟我一樣長期跟她相處當同學，惋惜與憐憫就會很快化成雲煙，蒸發了，取而代之的是討厭與痛恨。不過畢竟我是班上的模範生，又以好人緣為著稱，所以那些負面的內在情緒從來也沒表現出來過，也不曾跟老師和同學講。

只能在心裡發著牢騷，或者跟另一個淑芬偷說；就是我的堂妹陳淑芬。陳淑芬是我秘密的收集庫，她常說反正她記憶力不好聽聽就忘了，我就更敢把心裡的垃圾跟她傾倒。

我討厭她的臉總是油油的、永遠有流不完的鼻涕，抽屜裡滿滿都是黏滿鼻涕的衛生紙，有時沒衛生紙時她會用手臂或衣服去擦拭，非常骯髒。她多天的長袖衣服袖口上都泛著鼻涕的反光，每次她寫字時太張開手臂，我都怕我的左手會被她的鼻涕沾到。她的作業簿、課本、書包、頭髮……也永遠是髒兮兮的，身上還有一股汗水發酵的臭味，有時老師還會叫我幫她整理服裝儀容和恐怖的抽屜，那真的是好嚇人的指令啊！

不過我還是都照老師的指令做了，一切都在能忍受範圍。直到那個事件，我真的是受不了，痛恨的在她的回家作業本上寫上大大的「87 大白癡」才能把我壓抑不住的怒火給平息。

那是我最愛的美術課，我畫了老師叫我要代表學校去參加的交通安全比賽作品，因為我在家已先畫了很多，上

課沒多久就畫好了，老師看到我已完成了就叫我到教務處去幫忙拿東西。哪知等我回來了，回到座位看到剛剛的作品，完全傻眼，都被水彩噴得亂七八糟的。再看到薛淑芬的桌面和畫作，我就完全明白了，兇手正是她，她那圖哪是什麼交通安全，完全就是亂塗鴉加亂噴點，把水彩也畫到我的圖面上來了。

而且許多噴點都是黑色和深藍色的，根本沒法補救了。

欲哭無淚的我把這濕淋又殘敗的畫作拿去跟老師告狀，老師只是安慰了我一下下就建議我回家再重畫。啊，她知道我花了多少心血嗎？

「老師，妳不是說明天就要收件了，這樣來得及嗎？」

「學校是說週五收件截止，其實我們下週一才會送出去，妳趕快利用週末再畫一張。」

「唉，我怕沒法畫得像這張這樣好了，我花了三天才完成的竟然被薛淑芬搞成這樣。」其實我還想多埋怨一番的。

但老師只說：「如果是別的同學做的，妳就知道是故意的，但薛淑芬同學應該不是故意的，是不小心弄到的妳就原諒她吧。不然還能怎樣，她也不可能幫妳重畫。陳宛青妳可以的，老師相信妳的能力，再畫更好的一張代表學校去參加比賽。」

是不小心弄到的妳就原諒她吧。不然還能怎樣。這是個連道歉都拿不到的悲慘事件，我把圖畫拿回座位桌上，狠狠的唸了：「薛淑芬，妳看妳搞的，妳要跟我道歉。」

　　但她還是像平日一樣還是傻傻地笑著看著我，只是多了一份無辜的眼神。對不起三個字完全聽不見。

　　我看她的畫紙，完全沒有交通安全的主題內容，總之就像鬼畫符而已。不過細看，那塗鴉的亂暈抹和黑色噴點的組構還真是好看，就像美術老師之前有跟我們介紹過的抽象畫一樣，狂放中有一種張力和律動，其實我還蠻喜歡的。但是，她毀了我的圖，我實在太氣太氣了，就在這張紙上寫上小小的 87，然後又把她抽屜裡的作頁簿拿出來隨便翻一頁寫上大大的「87 大白癡」，才能消我的心頭氣。

　　那一次回家重畫的圖，不可思議的竟然得到全臺南市的第二名，以前我參加校外美術比賽最好的成績都只有佳作。拿到獎狀的那一天，隔鄰的薛淑芬一直靠過來摸獎狀的金色鋁框，我好想推開她永遠沾滿鼻涕感的髒手，又覺得如果沒有因她的破壞讓我重畫也許不會得這麼好的獎，其實應該感謝她，兩種複雜的情緒讓我很忐忑，還被老師叫到前面。

　　老師小聲的在我耳邊說：「陳宛菁老師以妳為榮，也大大恭喜妳，但妳以後不可以在薛淑芬的本子寫什麼大白癡的字，她雖然看不懂可是她媽媽看得懂啊，妳想想看她的媽媽會多難過，虧妳還是模範生呢，不應該這樣。」

「喔。但我……眞的很氣很氣嘛！」

「老師了解，妳看妳頭腦好、功課好、人緣好、畫畫又這麼好，妳應該要有大肚量才對，薛淑芬腦筋不好，也是很可憐，妳應該要多體諒她才是。」

「喔，知道了。」

「那，妳把獎狀拿上臺，老師再跟同學告知一下這個好消息。」

「喔。」

就這樣，老師又把我得獎的喜悅跟同學宣布一遍，全班又大大熱烈地跟我歡呼拍手，還來一段愛的鼓勵的掌聲。我往臺下看到的還是薛淑芬的愣愣傻笑，沒有心機式的眸光。

回到座位，我把老師給我的一根彩色棒棒糖拆開給她吃，她無限滿足的，鼻涕還是差點沾到糖果了，我還遞給她一張衛生紙；唯一一次遞的那麼心甘情願。

在她的世界裡是沒有這些競爭這些排名的，她應該也不知道獎狀的意義吧。當我們爲功課、比賽，競爭的頭破血流時她卻都無關己身的輕鬆，有時候想想還眞是羨慕呢。反正對她來說，零分已是常態。

在腦子被燒壞的那個時間點，命運的大神已把她帶往跟我們一般人不一樣的道路了。她會有憂愁嗎？我眞的難以猜測的。

她會有憂愁嗎？我真的難以猜測的。

　　當我回故鄉定居在家裡開了畫室，就經常看到薛淑芬在我們家附近走來走去。像她這樣的人，會有工作嗎？

　　我很好奇，向堂妹打聽薛淑芬的點滴。想知道在我國小畢業後到現在的這段時間，她究竟歷經了怎樣的人生。

　　「我也都是聽說的，正不正確也不知道。聽說她的親戚在我們菜市場那邊賣菜，她國小畢業後就一直在那邊幫忙，反正能做的也有限吧，我是有看過她在那邊整理菜葉、掃地之類的。後來好像有嫁人，據說她媽媽收人家五十萬聘金，也是嫁給一個很胖腦筋也是不太好的男生，但不至於像她這麼笨就是。」堂妹說。

　　「那她們有生小孩嗎？」

　　「有啊！」

　　「小孩是正常的嗎？」

　　「啊災。」堂妹用簡潔的閩南語說。

　　「沒想到還有結婚哩。」

　　「對啊，哪像我們兩個這麼正常也嫁不出去。真是悲哀。」她把悲哀兩字拖了好長。

　　我哈哈笑了好多聲。

　　堂妹續說聽聞：「可是對方還是嫌薛淑芬笨，為對方家庭生了小孩後就又把人家趕回娘家了，就是離婚了。反正

就是只要完成傳宗接代的使命，把人家利用完了，就又不要她了。據說還有家暴哩。」

「這麼壞的家庭。」

「唉，這不叫婚姻，應該叫買賣吧。現在她好像還是跟她媽媽住，妳不是常常在路上看到她和她母親從菜市場走回家嗎？」

「嗯，是很常。有一次問她我是妳小學同學陳宛青妳記得嗎？但她完全沒反應。我現在看她好像沒有小時候常常傻笑開心的樣子，好幾次看她都皺著眉頭哩。她也感受到厭惱的事吧。」

「人生嘛，當然囉，不管什麼樣的智商都一樣會碰到開心或苦惱的事。都一樣啦，有結婚也苦，沒結婚也沒多樂。唉啊，這就是人生啊。」堂妹最喜歡說唉啊這就是人生啊這句口頭禪，好像自己已是活到七老八十的老太婆一樣。

說完跟她一樣名字的淑芬八卦後，她又講了很多親友的八卦給我聽，我覺得她的記憶力真的很不賴，根本不是那種聽聽就忘了的那型。我可對她防著點，許多心事和祕密還是自己守著就好。

不過想想，現在過得很順的我，還有什麼難以啟口的心事呢？

想想好像也沒有。

如果有就是找不到我人生的下一個目標這樣而已了。

到彰師大讀完我的美術系課程後也在臺中工作了六年，直到三十歲才決定回故鄉開畫室。雖然我家位處不太市區的邊陲地帶，但反而獲得附近家長的認同，從開始設立畫室的那天起，就都是無招牌狀態，全靠來上課的學生家長的介紹，口碑算不錯，學生雖不是最多、爆滿，但一直很穩定。

　　本來只教兒童畫的我，隨著學生的年級增加後來也教國中生了，有些家長熟捻了，也嚷著要跟我學畫，就開啟了成人油畫的教學。想一想，時光真的像自己小學時寫的作文詞句一樣「光陰似箭、歲月如梭」一晃眼我已經開畫室十五年了，成人油畫班也開三年了。

　　人生的下一個目標完全沒有定錨，我周遭的朋友不是趕著買房子，逼小孩補習好上資優班，不然就是像我堂妹一樣一直想辦法要把自己嫁掉，有的忙著出國旅遊，有的跟人家一窩蜂到各地去跑馬拉松，有的積極的上健身房，有的忙著上課培養第二專長……都有目標的努力進行著。

　　而我，對這些都提不起勁，好像就是駛著續開畫室這艘大船緩緩往前而已，沒有好也沒有壞，就只是這樣的浮盪著。

　　外在看起來，好像不錯，雖沒有結婚也是經濟獨立的單身貴族，做的工作又剛好是本科系自己有興趣的。想想

如果還有什麼目標沒達成的，就是想在畫畫上得獎，想開個畫展如此而已。

但是，畫畫比賽要得獎還真的沒有想像中容易呢。畫室裡的學生我經常幫他們投稿或寄稿件去參加美術比賽，學生得獎的狀況和頻率算很優良。前兩年開始教成人油畫後想說自己也應該來參加個美術比賽的，全國性的不敢想，實在太久沒畫大作品了，就從我們地方上的臺南美展參加起吧。畢竟自己也是科班出身的，畫作應該沒有問題，自己評估沒有佳作應該也能得個入選吧！

沒有想到，一切都在預料之外，竟然連初審都沒通過，很快的我就接獲退選要去領件回來的通知單，連續兩年都是如此，讓從小就是美術比賽得獎常勝軍的我，很難調適心情。

還好偷偷參加比賽都沒有讓畫室的學生或家長知道，落選的難過還可以掩藏。

參加兩次美展都被淘汰的命運讓我去年已不敢再參加，深怕還是會慘遭滑鐵盧，那對信心的打擊將何奇大。但，就像個缺口一樣，妳假裝用沙土掩埋，一輕碰還是露出一個大洞。洞裡藏著妳的目標和夢想，妳想踩進去抓拿，卻又怕雙腿把沙質的洞口斜坡搞得更加擴大。

就讓這缺口先掩埋著，不去正視。

我像個把頭埋進沙裡的鴕鳥，假裝日子過的太平。

但我明明清明的自己知道想參加美展；想得獎。想用獎來證明自己的能力，想讓畫室的學生知道老師跟他們一樣也是很厲害的。我想當他們的燈塔，卻連塔身的建築都不敢砌，更別說點亮火光。

　　「實在想不透，學生都說老師妳的油畫畫得很棒啊，自己也覺得還不賴啊，怎麼還是落選呢？」我對堂妹傾訴，關於畫畫的事我根本不敢讓我大學同學知道，尤其是那些成就非凡，已成專業畫家的同學。

　　「評審口味吧，有更多參賽者的圖更受評審的喜愛，妳應該去打聽一下評審是哪些人。」畫畫門外漢的堂妹這樣說也不無道理。

　　「無從打聽起呢。只知道我們臺南的畫展都挑寫實的居多。」

　　「寫實的是具象的那種嗎？」

　　「嗯，可以這麼說。」

　　「咦，我記得堂姊妳以前不是畫抽象的嗎，妳為什麼不用抽像的作品去參加比賽呢。」

　　「唉啊，那是以前大學時代畫好玩的，作品不成熟啦。想說自己現在教油畫都是畫風景，偏印象派的風景就用這樣的風格去參展。」

　　「臺南的得獎作品都是寫實派、印象派的，沒有抽象的嗎？」

　　「也有啦，比較少一點就是。」

「那妳就畫抽象的去參加啊，我記得妳畢業展時有給我過一張邀請卡，我很喜歡那種 FU 耶，雖然我看不懂但是很喜歡那色彩哩。」堂妹微瞇起雙瞳做遙想狀。

「哈，都二十多年了，虧妳還記得哩，真是感謝。」

「記得記得，小時候妳亂編故事邊畫圖給我看的三十多年往事，我也都記得哩。」

「什麼，連這些妳都記得，還說什麼自己記憶力很差，聽聽就忘了。」

「我是該記得記，該忘得忘。課本的都絕對忘，功課才會這麼差。反正給姊一個建議，不彷用抽象畫去參加比賽就是囉。」

「不可能啦，太久沒畫抽象的了，我還是精進我的寫實風景吧。」

「都好啦，只要去參加就好，不要因為幾次的落選就嚇到了，要再接再厲，在我心中妳是我最棒最厲害最會畫畫的堂姊，妳畫什麼都好啦，OK 我要帶賓果去洗澡囉 BYE。」說完就帶著她的愛犬離開畫室了。

嗯，今年再來參加比賽吧。我把之前拍的安平漁港的彩色稿拿出來，準備在大畫布上大展身手了。

自己都對小朋友說，參加畫畫比賽不要有太大的得失心，得獎很好，沒得獎就下次再盡力，繼續加油。勉勵人總是比較容易，這一次也應該落實在自己身上了。

紫藍，鈷藍調進點透明的墨綠，再加點蒂芬妮綠，穿插幾抹水漾色點，油的暈染把波浪的感覺做得自然，港灣海水的層次在多次的混調中越來越接近我所要的優柔感覺，還算滿意。遠景小船的迷離氛圍也極其喜愛，唯獨多艘漁船併排的前景，我畫得太仔細，反而顯得僵硬。

　　多次修改塗繪，卻依然不滿意。

　　看著已畫三週的安平港漁船，我覺得今年用這張去參展應該不會初選就被打掉吧，畫得比以往用心，也細膩啊。但這前景的幾艘船就是越看越不滿意。

　　「算了先擱著吧，等有感覺的時候再來畫。」我在心裡唸著。搜尋了大購物袋準備到美術社採買一些用品。

　　一下樓就看到薛淑芬和我遠房親戚阿嬸在門口和我媽媽聊天。

　　「阿嬸，上去樓上坐嘛，在這邊聊天太熱了，腳也會痠。」我說。

　　「不用啦不用啦。」

　　旁邊的薛淑芬手上拎著一袋粽子。

　　「這是我的小學同學薛淑芬，怎麼會跟阿嬸妳在一起？」

　　「喔，妳們認識喔，她現在跟我在我妹妹那邊幫忙。端午節快到了需要很多人手。啊，妳要出去喔。有沒有擋

到妳的摩托車。」阿嬸講話和笑總是很大聲，她的招牌金牙在太陽光下閃著光芒。

「不會不會，妳們上樓去坐啦，日頭越來越艷了。」每次遇到這些親戚我總會努力講不太輪轉的臺語。

採買完回到家我想趕快到畫室去畫那張漁港的船隻，因為多買了一罐林布蘭的黯藍色顏料，我想用這來畫那些複雜的窗，這色調應該不會像純黑這麼沉。正當我拖鞋子時，老媽從三樓匆匆趕下來，神色非常慌張。

「宛青啊，對不起啦，妳趕快看看妳的圖有沒有怎樣。剛剛妳那個國小同學，什麼芬的跟妳阿嬸上來，我和妳阿嬸在前面的小教室聊天，也不知道她什麼時候跑到後面妳畫畫的地方，好像有把剩下的顏料沾到妳的圖上，我看到時有喊她，她就沒畫了。妳趕快過去看看有沒有破壞到。都是我不好本來說只要在樓下聊，是她說要上廁所就乾脆上樓，什麼時候她跑到妳畫室那邊我也沒注意……」老媽連珠炮的碎念，我知道大事不妙了。

當我來到三十號的安平港畫作前，感覺我的低血壓正要讓我昏厥過去，怎麼會這樣呢！

好幾條零亂的黑色線條就從前景大船這邊以四十五度的斜線拉往左下方，連我處理得很好的港區海水也無一倖免。不止黑色還夾雜著多色混調後的灰褐、灰紫，零亂無章法的線條與色塊間細細觀看還有一種船影的律動感。

唉。如果是把畫布剪一小塊下來看這區，還是不錯的抽象畫，但這可是我的印象派畫作。全毀了全毀了。我怒到不想說話，但母親的道歉碎念一直沒有止歇。

　　「都是我不好，沒有注意看著她…我以爲她應該不會動妳的東西才對。唉，她傻傻笨笨的，分不出哪個是能動的哪個是不能碰的，可能是好奇，妳就原諒她吧！她不是故意的。妳要不要吃西瓜，我有切一大盤放樓上冰箱……」

　　她不是故意的，妳就原諒她吧！

　　好熟悉的一句話。但是，誰來賠償我三週來用心的作畫時光呢。

　　再重新畫一張這樣的畫作已來不及了啊，而且也不一定能畫得像這張這麼好。爲什麼兒時的恐怖事件會像輪迴般的來到眼前，我跟這個薛淑芬上輩子是結了什麼孽緣。

　　「這是天意啦，妳就把它改成安平港漁船的抽象畫啦，把妳以前在大學時代畫抽象的那種狂放找回來吧」。我把事件用 LINE 告訴堂妹，她只傳給我這話和一張要睡覺了的貼圖，就離開了。

　　我也不想打擾她，一樣傳一張打呼的貼圖過去。

　　但是我卻整夜失眠了，根本不可能打呼。

　　整夜我都跟這張油畫奮戰，像大學時代要期末評分時的挑燈夜戰。許久沒有畫抽象作品的我，一邊拿著畫刀刮

疊，一邊又爲好不容易做好的迷離水色嘆息。眞的像拿刀在心裡的畫布割著刀痕一樣，很痛的。

快到凌晨時我把作品拿到教室的大白板前，退後觀看。感覺整體感還不賴，那些原本覺得僵硬的前景擁擠船影被改成寫意的大概輪廓，船竿高低層次的變化也充滿律動生氣，半抽象的構圖，配上無意識亂堆疊出來的色塊，卻異常的好看。

呼，好久沒畫抽象的我覺得好過癮。彷彿體內被囚禁的獸都被解放開來。然後倒下去呼呼大睡，隔天睡到下午兩點才醒來。

一起床到五樓陽臺曬衣服時往下看，竟又看到薛淑芬和阿嬸一起走過巷口豬肉攤的身影。不過我已沒有不開心的怒氣了，我決定把畫作修改好，在截止交件前趕快送去參加美展比賽。

依然對自己沒有什麼信心，但我最少知道在創作時我是非常快樂的。

創作者就像神一樣，是主宰，可以不管任何人眼光的快樂運行，所以能在藝術的道路上追夢的藝術家，都是非常幸運的啊。

接著忙碌的暑假教學課程接續而來，我已完全忘記參加美展這件事。有天我送完最後一個回家的學生準備下樓

鎖門時，母親拿了一大盤西瓜下來說：「宛青啊還有一堆西瓜妳要不要吃。」

「喔，好。」

「喔，對了，還有這封信是妳的，下午就要拿給妳，一直忘記。」母親把文化中心寄來的公文拿給我。

我認得這信封，之前的退件信就是這樣的型式，我的心跳急遽加快，很怕又是退件信，趕快請母親上樓去。

拆開信件仔細一看，「不會吧！不會吧！」我狂喊起來，要不是我們家是隔音窗，我猜對街都可以聽到我的狂喊了。

本來已上三樓的母親又跑了下來。「怎麼了，西瓜臭酸了嗎？我一直都有冰應該不會壞掉才對啊。」

「媽，我的媽啊，不是啦。不是西瓜！」我覺得我心跳應該有一百二。

「什麼我的媽，我當然是妳的媽。不然是怎樣啦？」

「我得獎了我得獎了啦！」我竟跳起圈圈來，一個四十多歲的老女人像一個小學生般的躍跳，這時候已經不管幼稚是什麼了。

「啊。這有什麼，妳不是常常在得獎。需要這麼高興嗎？」

「啊，不一樣啦，這次是首獎哩。」

「什麼手不手獎的，難道還有腳獎嗎？」老媽還做外丹功甩手狀，真會搞笑。

「吼，不是那個『手』啦。就是第一名的意思啦。啊，太高興了，妳知不知道薛淑芬家在哪裡啊？我要去謝謝她。太不可思議了，是她的大功勞。天吶，我第一名哩。哇！太爽太爽了。」

　　「關薛淑芬什麼事啊。第一名就這樣，那妳如果中大樂透頭獎不就昏過去了。總之大恭喜啦。如果要吃西瓜慶祝的話樓上還有嘿。」母親真是典型的魔羯座人，多高興的事也都是淡然處之。

　　不像我們牡羊座的總是喜怒流於神色，無法掩藏。

　　我的喜悅像廣闊的太平洋般無邊無際的延展。要不是現在太晚，我真想趕快打聽出薛淑芬家在哪裡？馬上到她家去感謝。

　　唉，關於緣份這事情都是老天爺在主宰安排的。薛淑芬；一位妳不喜歡的人物卻又一直出現在生活週遭，是有什麼奇異的緣是從上輩子就結的嗎？看來不是孽緣，她是我生命裡的貴人哩。

　　「老師恭喜妳得獎了，還是第一名哩，實在太厲害了。」「老師我們都不知道妳會畫抽象畫呢，改天我們也要學。」「老師，叫妳第一名，我們與有榮焉啊！」「老師妳是最棒！」……當學生知道我得美展首獎後恭喜的話語紛紛

不斷，也讓我備感虛榮，心情感覺好像飄在雲端上的輕飄快意。

這些讚美話語聽多少遍也不厭倦。

「老師，妳得獎了最感謝誰呢？是不是感謝爸媽把妳生得這麼會畫畫啊？」說話的是一位三年級的小朋友邊畫水彩邊看我問。

「對啦，還要感謝薛淑芬哩。」

「薛淑芬？是誰啊？」

「嗯，一位我去跟她說謝謝但是她永遠對我傻笑，不明白我在說什麼的國小同學。而且她很厲害，每次考試都考零分喔！」我跟小朋友說笑起來。

小朋友只要聽到考零分就笑得東倒西歪。

「不可能啦，考零分很難哩，我隨便亂寫也有八十幾分哩。」

「嗯嗯，她就是這樣的傳奇人物，她也是我抽象畫的老師喔。」

「老師！考零分的老師。」學生通通圍到我周圍想聽聽我講這位薛淑芬的故事。

嗯，她真的是我的老師，遇到薛淑芬真好。

「老師妳快講妳快講，誰是薛淑芬啦。」

「我看一下，她每次下午都會經過我們對街的大北百貨，我看看。」一秒不差當我從二樓窗子望出去，就看到

薛淑芬本人正要從大北百貨彎到她們家的巷子。我推開氣密窗大大地狂喊；「薛淑芬謝謝妳，真的謝謝妳。」

　　她抬頭往我們這邊看，依然帶著她那純真的傻笑，但竟跟我們揮手起來，還說不客氣喔。但她一定不知道我在跟她謝什麼。

　　全部的小朋友也跟著我亂狂喊：「薛淑芬謝謝妳，真的謝謝妳——」

　　我的淚瞬間流了下來，彷彿又看到那個小學六年級在我旁邊流著鼻涕吃棒棒糖歡喜的薛淑芬。是的是的，她是我的老師。

　　一位永遠考零分的老師——

　　本文獲第八屆臺南文學獎華語短篇小說類佳作獎

竊笑的憤怒鳥

1

綿細的雨把多日的燥熱降溫，沁入玻璃門內的潮濕雨味卻叫人討厭，尤其客人走進來多少會把地板弄濕，拖地的工作一定得常執行，有時結帳櫃檯也會被客人雨衣的衣袖沾濕。不過雨天還算是好事，最少客人少很多，不然這種假日總是忙翻，回去都會筋骨痠痛。店裡的「叮咚」聲少些，我和樂樂的打屁閒扯就能多些，這是我喜歡的。總之，雨天是好事。

我跟很多客人都一樣，都喜歡樂樂。

樂樂有一點暴牙，但眼睛大又靈秀，尤其化妝的技巧很高，當她張著貼黏深濃捲翹如扇般的假睫毛和銅褐色瞳孔放大片的空靈感之眼，對你一望，那交會起的電流之感竄起的心之顫動，就足以讓人忘卻微微暴牙的遺憾，毫不損她身為我們店花的美譽。

尤其她的大嘴，笑起來特別歡喜感，跟她聊天光看她的表情就很開心，每次跟她當班都是我最高興的，尤其她有點靈異體質，聽她講些奇奇怪怪的事是結帳空檔間最有意思的事，會感覺時間過得特別快。

　　她的靈異體質有時只在一些莫名其妙的預感上，像有時她會猜到今天的營業額大概有多少，下一個進來的客人要買什麼牌子的煙。預感準時，會有一種「耶！賓果」的興奮感，快意的小火苗在心頭輕點，不準也無彷。

　　「我最討厭這種天氣了，感覺會發霉。」在結了買了一包青箭口香糖阿伯的帳款後樂樂說。

　　「還好吧，下一下也好，不然這麼熱。」

　　天氣總是我們閒扯屁的開端，後來又講了一堆下雨天她的彩妝和衣著很易輕損的微小事，不過在我們男人眼裡微小的事對她來說卻是很重要的事，從她講起來的巨細靡遺和深刻用詞中你就知道她對外表妝容的重視程度。她總說，化妝對女人來說是武器，武器操作得當才能勝利。

　　但我不知道她說的勝利代表什麼意涵。

　　「嘿嘿，等一下等一下，你不覺得很奇怪嗎？這種這麼爛的天氣，剛剛那個阿伯晃進來老半天才買一包口香糖，你不覺得很奇怪嗎？」樂樂的兩扇濃睫毛舞動了好幾下。

「不會啊，很多阿伯都很閒，專程來買一條口香糖很普通啊，或許是要買回去給孫子。」顧客心理學是我喜歡研究的。

　　「不對，我總覺得怪怪的。」

　　「怎麼，妳又有什麼靈感了嗎？」

　　「啊，我想起來了，就是那眼神。快快，快找大姊調剛剛的帶子，我覺得他是上次偷東西的那位阿伯。漢漢你顧一下櫃檯，我進去找大姊。」

　　樂樂沒等我反應過來就往辦公室裡衝，沒過幾分鐘後和店長大姊兩個人嘰嘰喳喳的衝出來。

　　「沒錯沒錯，就是偷東西的阿伯，我肯定。我就一直預感他會出現，走，漢漢你跟我去追他。大姊，櫃檯就請妳站一下囉。」樂樂還問店裡的客人有沒有人注意到剛才穿黃色雨衣的阿伯往哪個方向。

　　有人回答往南區區公所。

　　「漢漢，快，事不宜遲。」

　　「下雨啊，會淋溼……」我還在遲疑，其實是怕如果抓錯人不是很糗嗎。

　　「這種雨，不算什麼啦，走，快點，不然阿伯騎車都跑了。」

　　我們就在雨中用以前中學時代在學校參加百米賽跑的快捷速度，追人。

在雨中狂奔追小偷嫌疑犯的感受真是奇特，我突然有點理解警察的心情和以前健康課裡講到腎上腺素激增時的反應，原來在便利店的平凡單調打工循環間，偶而的突發狀況才是工作樂趣的所在。

樂樂說，她能在便利店工作這麼久都是因為這些意料之外、突發狀況的樂趣和激情。

對，用激情來形容頗為正確。

我的心跳急喘快速，緊張與微微悄喜同時在心的天平間擺盪。

當我們把阿伯攔下來跟他說我們是便利商店的員工上次拍到他在店裡偷東西的畫面，阿伯還是一臉無辜的憨樸表情說我們在講什麼他通通都聽不懂。

看著被雨水濕潤的灰白色眉毛和無辜表情我想這樣的人怎麼會是偷東西的人；眼前這位長者是如此慈祥又充滿鄉下人的憨直氣。

但樂樂仍堅持她的記憶不會錯，好說歹說請他回到我們的店裡看前幾天的錄影帶。他看到被我們拍下偷維他命的畫面，雖然影像畫質並不是太好但也無法再辯駁畫面裡的人不是他。

對，他就是小偷。一位你無法相信是小偷的平凡老人，友善與古意的臉孔讓人難以和「小偷」兩字連結。但事實就是如此殘酷，令我驚心。

鐵證如山的揭穿一切之後，裝傻成了過去式，哀兵姿態的可憐模式接續上演，但後來究竟是如何我們也不清楚了，因為店長就連絡了派出所，警察來後把阿伯帶去分局做筆錄了。

　　「我們這樣會不會太狠了，也許他真的有什麼難言之隱、家計困難的，我們應該原諒他，他都一把年紀了。」快要交接班時，大夜阿德來盤點時樂樂跟阿德說了今天抓小偷的狀況，我又婦人之仁的闡述了意見。

　　「剛剛警察都來電感謝我們了，他說那位老人是慣犯，不只偷我們 7-11 也偷全家，連菜市場那邊的攤子也有人被他偷過，還好我們將他抓到了。」

　　「真的很難想像看起來這麼慈祥又靦腆樣的老人是會偷東西的人。」我把結帳金額鎖進金庫時還在想著今天的事。

　　阿德接說：「你想像不到的小偷類型還多的是呢！我們大夜就逮過穿著光鮮亮麗像貴婦般的中年女子偷隔離霜，有文質彬彬的小帥男偷沙茶醬；如果說偷書偷雜誌還說得過去。還有個西裝筆挺看起來很有錢的中年男生還偷狗罐頭哩……總之，多到你無法想像。小偷的面目總是超過我們能認同的姿態出現，你待久了就會看更多，這個世界上小偷真的很多。」

「真的，你一定想像不到我們店裡統計過最多的小偷除了小朋友外，第二名就是老人了。」樂樂說。

　　「老人……我還真想不透老人為什麼愛偷東西？」

　　「誰知啊！也許只是太空虛還是太寂寞吧，有個統計說，偷東西得手也會有快感的，也許是生活太平淡，需要刺激。嘿，漢漢你偷過東西嗎？」樂樂嗲聲地說。

　　「這裡？怎麼可能。」

　　「我是指以前啦？」

　　「忘了。」我不想回答。

　　「好啦，不聊了，這個世界上讓你想不透的東西多著呢！光怪陸離的事每天都不缺，快點補貨啦。」

　　2

　　的確，這個世界讓我想不透的事情，多不勝數。便利店的客人千百樣，光怪陸離的事情也慢慢見怪不怪，而且我也成了繼樂樂之後，最會抓小偷的人。甚至從客人的行為舉止就能判斷他是否有準備偷東西的意圖。

　　從現逮順手牽羊小偷的緊張結巴到後來追小偷的義無反顧和明快果決，我在店長大姊的眼裡成了勇、帥、猛的不可或缺性人物，在店裡受重視的程度越來越高，這也彌補了我在學校功課很差勁帶來的沒自信。在學校我是默默無聞不被重視的小卒，在打工場域我就轉變成了英雄，在學業的破敗與職場的光明感之間，邁著日復一日的步履。

而抓小偷的快意，就成了鞏固我職場英雄地位的基石磚。在不同的時間座標中砌起越來越堅鞏的自信牆垣。尤其是和大夜阿德聯手追一名比我們都高壯的男小偷成功到警局後，自我感覺良好的內心之球已膨脹到完美的極限，足以擠壓掉生活中所有的不滿意。

　　「歡迎光臨——注意，那個小朋友，他上次躲在柱子後面那邊偷了一隻憤怒鳥被我們抓到。」樂樂在很大聲的歡迎光臨後，湊在我耳邊小聲低說。

　　「都被你們抓過了，今天他不敢偷了啦。」

　　「難說，他上次在那邊磨蹭了老半天，雅音發現他把憤怒鳥球放在外套口袋就上前跟他說，小朋友不可以偷東西喔。那個小屁孩就說我哪有偷我只是沒有手可以拿等一下會去結帳。」

　　「所以是妳們誤會人家了。」

　　「後來他又把憤怒鳥放回去了，根本沒來結帳。根本就是沒偷成編出來的藉口罷了，很奸巧的小朋友，注意一下就對。」

　　我很佩服樂樂可以一邊說的憤恨，一邊還很和悅甜美的和來結帳的客人哈拉兩句，而我的心魂早就被那個長相精幹的小男孩擄去，注意到他已經蹲在柱子後方玩具區十來分，未免也太久了。

　　我特意到冰庫去拿熱狗，在幫熱狗補給和轉面的工作中特別用眼光餘暉緊盯小男孩的動作。

我「親眼」見到他把憤怒鳥彈簧球放進口袋了，我轉頭跟樂樂比著無聲手勢，樂樂也明白了。

　　這一次我們決定不動聲色，這一次我們得沉著屏氣，得等他過來結帳後才行動。

　　等我把所有的熱狗都處理好，茶葉蛋也翻轉過，連關東煮食材都整理後這個小男孩還蹲在地上，真會磨蹭。是在等什麼時機嗎？等結帳客人多起來的時候趁機溜走嗎？未免太狡滑了，小屁孩我不會讓你得手的，我可是識小偷無數的小偷終結者呢！我在心裡自言自語起來。我想我現在的臉顏應該跟那個憤怒鳥一樣，有著竊笑的表情吧！

　　五點過後，附近的國中也放學了，店裡的客人多了起來，我和樂樂都忙著結帳，就在這時候小男孩走向我們櫃檯。我和樂樂互相使了眼色。

　　但他只是走過我們櫃檯，根本也沒拿什麼東西來結帳，就往門外走了。

　　「他口袋鼓鼓的，我確定我剛剛有看到他把憤怒鳥球放進口袋，我出去抓人了。櫃檯交給妳了。」

　　小男孩正要騎腳踏車離開，我跟他說：「小朋友你是不是有拿了店裡的東西沒結帳？」

　　「我沒有買東西啊！」他用著非常無辜的眼神看著我說，但這種伎倆我已經看多了，許多偷兒們在還沒被證據顯影前總是這種純真表情。

「有拿東西沒結帳就是小偷喔，我們店裡已經跟分局連線了，被發現偷東西是要被抓去警察局的。」我試著說得嚴重嚇唬他。

　　「你在說什麼我不知道，我又沒有買東西，也沒偷東西。」小男孩斜眼瞪著我說。

　　「你剛剛蹲在那邊有快二十分鐘吧！你說你沒拿東西，那你口袋鼓鼓的那是什麼，可以拿出來嗎？」

　　「我幹嘛拿出來！這是我的東西。」小男孩口氣很差。

　　我只好口氣比他更差。「沒有結帳就拿店裡的東西就是偷，如果承認我通知你爸媽看要怎麼賠償或處理，如果你死不承認我們只好聯絡警察。」

　　「死店員，你幹嘛這麼兇啊，你又不是老闆，店裡的東西又不是你的。」

　　我被他的『死店員』三個字給激出怒火，連國罵都飆出來了。看來樂樂叫你小屁孩一點都不為過。

　　「幹！給我拿出來，你口袋那個憤怒鳥球。」

　　「拿就拿嘛，是要怎樣，不就是憤怒鳥而已。」

　　他從口袋裡摸出紅色的憤怒鳥球。憤怒鳥那有點可愛又有點邪意的笑臉闖進我的眼瞳，換成我的竊笑臉顏，也許我現在的表情加上額前的俏髮和這隻憤怒鳥也有點像吧。

「還說沒偷，事實擺在眼前。」我的嗓門像加進了自信的藥丸越加高分貝起來，也引來要進便利店採買客人的注意。

　　「我哪有偷啊，這是我的。」

　　「我明明看到你放進口袋，還說沒偷。」

　　「沒偷就是沒偷，幹嘛誣賴人家。」

　　「再狡辯的話，我直接送你去警察局了。」

　　「我才要把你送去警察局哩，死飛機頭。」

　　我的憤怒應該衝上了極限，在找不到適當字眼來罵眼前這個小屁孩時，大姊已衝出來把我拉到一邊了解狀況。

　　大姊用和緩的態度請小朋友講清楚為什麼我們明明看到他把憤怒鳥球放進自己的口袋，他還是堅稱他沒偷，這是他的。

　　「這真的是我的啊，中午我阿公帶我在別家 7-11 買的，因為我表弟來我家很喜歡這個又跟我搶，但我們家那家 7-11 已沒有紅色的這隻，阿公就給我錢叫我到其他店看看，我才來你們店。但你們也只剩鋼盔豬和炸彈鳥，所以我根本沒買啊。這位大哥哥還誣賴我。」小男孩不知怎地突然放聲大哭起來。

　　大姊突然想起什麼來喃喃自語：「我前天訂貨只有訂一隻紅色憤怒鳥，我記得昨天就被一位年輕媽媽買走了⋯⋯所以這顆應該不是我們店裡面的。漢漢，你大概誤認了。」

「就是說嘛！這顆剛剛我和我表弟搶，有掉到屋前的柏油路有磨到，你看，都有擦痕了怎麼會是你們的。啊，我口袋還有發票。」他從褲子口袋掏出一張發票。把縐揉摺疊的發票攤開唸著上頭的文字。「是金都門市買的，你看。」

　　已有點老花的大姊把發票湊到眼前觀看再傳交給我。

　　「漢漢，看來是我們錯了，是金都門市買的沒錯。」

　　大姊說完就跟小朋友道歉，非常誠摯的口吻，本來哭泣的小男孩馬上笑了開來。轉變也未免太大，真適合去演戲。

　　「沒關係啦，以後不要亂誣賴人就好。店長阿姨妳要管好妳的員工，不要在還沒搞清楚前就隨便說人家是小偷，這樣誰還敢來你們店啊。這一次就原諒你了，死店員。」

　　怎麼會有這麼欠揍的小孩，我在心裡咒罵著。

　　「小朋友，大哥哥沒有搞清楚就誤會你我代替他跟你說對不起，但你叫人家死店員這非常不禮貌也非常難聽，會讓人家覺得你是沒家教的小孩喔。不然這樣好了你跟大哥哥說對不起，大哥哥也就剛剛的事情跟你說對不起，你們互相跟對方說，事情就圓滿告一段落，不要再追究了好嗎？」

　　大姊果然是處理事情的高手，講話面面俱到。

　　大姊看我們都沒有言語，拉著我的衣角示意我先說。

「對不起，大哥哥誤會你了，我跟你說抱歉。」

　　小朋友從瞪我到放下兇狠目光，嘴角過了幾秒鐘才牽動一絲毫的上揚喜悅之痕。「好啦，我也有錯啦，對不起。」

　　「嗯嗯，都扯平了，事情到此為止了，小朋友你以後還要常來我們店裡買東西喔，騎慢一點囉。」大姊邊揮手邊說。

　　小男孩帶著滿滿的笑容開心的離開了，從大哭到歡喜之間不用太多的時間。而我呢？就像一隻出去捕獸的猛獅，原本要咬到獵物了，卻在最後的一瞬失去了一切。雖然這個小朋友很討人厭，但他終究為我上了一課。

　　在和大夜交接班的最後補貨時光，樂樂把所有補完的餅乾箱壓扁後認真的看著我說：「嘿，還在沮喪啊，只不過一場誤認不要掛在心上啦，他那行徑誰都會誤認的嘛，不要因為今天的事件讓你以後都不敢抓小偷哩。」

　　「沒有啦。」

　　「好啦，笑開點嘛，不要再氣小屁孩的事了。」

　　「其實不是因為誤認在難過沮喪，而是據理力爭要澄清事實真相的小朋友那態度，他這點其實是讓我佩服的，也讓我想起一些過往的事，所以心情不太好。」

　　「有機會再聽你說吧，我老公來接我囉！Bye——」

　　走出午夜的便利商店，夜的氣息濃郁寧靜，沉靜下來的大街總給人一種安定的氣息，迷人的。看著對街校園的

樹影黝暗，我想起了那件往事；發生在國小四年級的往昔，當年我也跟今天的小男孩差不多的年紀吧！

他，勇敢地為自己的清白辯白。

而我呢！卻讓那事件的陰影一直跟隨我身。

我是懦弱的。懦弱到連去想這件事的勇氣都沒有。

很多事情不是你不去正視它就會消失的，它不是用黑板擦就可擦去的粉筆影像，而是像鋼版似的一刀一縷的刻進心田，早就定影成不滅的永恆影像。只是那黝暗影像連自己都不願去回顧了，更何況與人談起……那個一個傷口；深深的傷口。屬於那個涼夏夜晚影像就像恐怖影帶般地，一直在回憶的渠道播演起來，就感覺胸口急喘的悶痛，不斷蔓延不斷蔓延——

3

那個夏夜一如往常，靠海的灣裡風總是特別強，可以把白日的焦躁熱騰氣息輕拂漫去。

我原本坐在沙發上看皮卡丘，沒多久就被阿嬤叫去洗澡。正當我洗完澡準備穿衣服的當下，老爸突然急切地敲浴室的門把我拖出來問：「錢是不是你偷的？」

我把雙手遮在下體處。「什麼錢？」

「你今天不是去隔壁阿伯家玩，有沒有看到他們鞋櫃上放了三百塊？」

「有啊！」

「是不是你偷走的，阿伯說他出去開計程車前放了三百塊在鞋櫃上是要給阿嬤拿去給米店的，結果就不見了。是不是你拿走的。」老爸的眼睛像要凸出來般地顯著怒火。

「我沒有拿啊！」

「還說沒拿，你堂姊說你到她家玩前還有看到那三百塊，你回家後就不見了。不是你拿的會是誰？那天都沒有人過去阿伯家。」

「我怎麼知道，反正不是我拿的就對了。爸爸請出去，我要穿衣服了。」

正當我準備拿內褲穿上時，父親卻沒有讓我有片刻的空檔就拉著我往浴室外走，拿起放在不遠處的掃把往我身上狂揮。

「不要再說謊了，不是你偷的是鬼去偷走的嘛？上次在夜市那偷玩具如果沒有我打你你會老實把玩具交出來嗎？看我這一次怎麼好好教訓你。」

我像迷失在一片霧海裡不知狀況的荒窘迷茫，老爸的掃把打擊攻勢就對我狂掃而來，我呼喊、我逃跑、我忘卻還裸著身子的窘境。我狂奔，老爸狂追，我喊阿嬤和媽媽跟他們討救兵，卻完全阻止不了老爸像著了魔似的攻擊。

我只能用淒厲的狂哭來宣洩被誣賴的悲憤和棒棍在身上痛揮的疼痛，後來竟不顧身上沒有蔽衣，光著身子就跑到外面的院子跑給爸爸追。我的哭喊沒有停歇也引來鄰

人的圍觀和阻擋，我彷彿從人群裡看到了我喜歡的班上女生她也夾在一排人群的後方，因為她的目光我才想到光身子的羞恥，趕快接受媽媽拋給我的大浴巾，用它包裹住身子。

「這麼小就會偷東西偷錢，還講過這麼多次都不聽，看我怎麼教訓你。把你打到說實話為止。」

「我沒偷錢啦，嗚⋯⋯」我瑟縮在黃槿樹下，低鳴的音聲父親好像都沒聽到，棍棒還是朝我劈哩啪啦地打來。

「你只要不說謊，承認錢是你偷的，去跟大伯道歉，爸爸就原諒你。」老爸的手似乎也打累了，少了之前令人疼痛的恐怖力道。

但我實在是被打到痛極了，決定用最簡單快速的方式來結束這場突然其來的夢魘，從我嘴裡竟吐出：「好啦，錢是我偷的，我去跟大伯道歉，我下次不敢了啦。」

只有這樣，才能終結父親如野獸般的行徑。

事後我在想，難道是我是累犯，曾有幾次不良的經驗就此被貼上「一定是小偷」的標籤，但父親為何要如此抓狂呢？我沒有勇氣問個性剛烈的老爸，但試著問過阿嬤為什麼爸爸處理這件事會這麼激烈，阿嬤說小時候你爸爸偷過你大伯的錢，被阿公發現了，還被阿公綁在黃槿樹下打呢！

「從小阿伯的功課好，什麼都很優秀。你爸卻剛好相反，成績差不說還調皮搗蛋到不行，而你阿公又最痛恨人

家偷東西的。那次你老爸偷錢還不承認所以阿公才會氣到把你爸綁在樹上打。」阿嬤淡淡的說，眼神望向遙遠的西方，充滿落寞味。

「喔。」我也不知該接什麼。

「大概是這樣，你爸發現你偷大伯的錢；像當年那樣，他才會特別抓狂吧！」

「阿嬤，我真的沒偷錢哩」。

「是喔。」

「算了，我也不想跟你們說了，你們都不會相信我的啦！」

我像個被刺青上小偷標籤的人，只因過往的不良紀錄「一定是你偷竊的」這符咒就永遠戴在身上，難以火化煙滅。但不得不承認，自從那事件後我就沒有再偷過任何東西，連微不足道的糖果、零食都沒有。而且對偷東西的人會有非常鄙視又痛恨的對待。

不，這樣講好像說那一次大伯家的三百塊是我偷的。不，那真的與我無關；雖然全世界的人都認為是我偷的，我也亂七八糟承認了，但至今我還是不明白那是怎麼一回事。

現在老爸也過世了，更沒機會去問他當年為何一定要認定我是小偷，為什麼不抽絲剝檢查清楚，為什麼、為什麼、為什麼……

積壓在心裡多年的為什麼，我以巨石封押在心之瓦罐，緊緊密封，以為不去思想就不會再竄流出為什麼的疑惑，一切會在時間魔棒的遺忘裡消失。然而幾次午夜夢迴的夢魘驚醒，都停留在我光著身子在黃槿樹下低鳴哭泣的畫面，我知道事件終究沒有過去，它已深入潛意識的底層埋伏，會跟著我的靈魂意識直到永遠吧。

　　這事件是個暗黑的種子，在心底長出如癌般的侵略藤蔓，它輕易的腐蝕著我自信的芽苗。也造成了我對自己總是沒有信心；不看好的人生型態，覺得被忽略、不被重視是必然。

　　直到我在這個打工的場域，受到了前所未有的重視，我才益發看重自己來。

　　騎著機車在午夜的街頭遊逛，我不想這麼快回到租居的套房窩睡。雨後午夜的涼冷空氣，像一把開啟記憶的醒腦鑰匙，把我帶向往昔的領空。平日我很不愛；覺得太過繁擁的街市，都在夜的輕紗籠罩下顯影寧靜的統調氛圍，行道樹變身為安定感的樹籬牆垣，在屋舍與柏油路間架起緩衝的美麗姿影，尤其在有路燈照拂的角度裡，更顯枝椏與葉形的美麗。

　　這是暑假時節，在臺北讀書的堂姐應該也回灣裡了吧，我想我必須跟她好好談談那個難以抹滅的事件，我想

問問她到底記憶多少。在今天捉小偷事件的挫敗後，我突然想去清明的面對自己那個不想提起的過往。

摩托車的轟隆引擎聲在夜裡奔向灣裡，也奔向了我的童年時代。焦慮忐忑的心情壓得喉頭有一種想吐之感。

那株黃槿樹是否又更高大茂蓊了呢？

4

「育伶姊姊有回來了嗎？」我睡到快中午才起床，刷牙洗臉後馬上到大伯家找堂姊，在樓下的玄關遇到伯母就問。

「幾天前就回來囉？你找她啊，好像在房間打電腦的樣子你上去找看看。」

從小就是資優生的堂姊已經大四了，據說功課還是一級棒，我到房間找她時她的桌邊一堆原文書，真的和我差好多。

「咦，漢漢啊，你也回來啦，我聽嬸嬸說你現在租房子在附小附近。不常回來。今天很特別喔！」

「是有事想問妳，所以昨天打完工就一路騎回來。」

我把小學四年級發生的那件事從頭到尾又敘述了一遍，因為從那事情發生後從未再提起這事我怕堂姐沒有印象了。

「育伶姊姊想起來了嗎？我到現在還不明瞭當年的狀況，雖然我承認那是我偷的，但其實並不是啊。妳後來有再聽過妳爸說什麼嗎？」

正午的日光打進窗裡在書桌前的紅色憤怒鳥杯上反射出強烈的燦光，把憤怒鳥的容顏映襯的特別犀利，彷彿在竊笑著看著前方。我隨著紅色杯體往左邊看發現還有成組所有一整套的憤怒鳥系列杯，心裡怦然心動了一下。

堂姊拿起紅色憤怒鳥杯喝了好大一口茶又停了好久後，才淡淡地說：「對不起漢漢，我不知道對你造成這麼大的身心影響，其實那三百塊是……」

她又吞下一口茶，吸了一大口氣才接說：「是……我偷的。」

我偷的，三個字像千斤的重鎚，敲破了我對堂姊崇拜的堅實磚牆；她是那麼完美的角色，怎麼可能和小偷畫上等號。

「我看到三百元時我也知道那是阿嬤要拿去米店的，但那天我要買的漫畫開賣了，我就想說先拿去買，反正下午欠我錢的陳品萱就會還我錢了，再拿來放就好，哪知買完漫畫回來老媽找我去阿姨家，就忘了。回來就看到你被打了。」

「那你為什麼沒有衝出來制止我爸呢？為什麼不說出實情呢？」

「我那時看你爸那兇暴的樣子嚇都嚇死了，而且陳品萱也沒拿錢來還我，那時我就一直躲在樓上，雖然有聽到你的嗚咽但都沒勇氣去說出實情，對不起。為了表達我的歉意這我蒐集到的全組憤怒鳥杯組都送給你。」

拿起憤怒鳥杯我有一鼓想把它們往牆上扔的衝動。

怎麼會是這樣呢！只因為我曾是小偷別人就為你套上標籤，沒有人會相信功課好、待人謙和年年拿模範生頭銜的堂姊會是小偷。要人們相信我是小偷比去相信堂姊是小偷要簡單太多了，原來我做了那麼多年的代罪羔羊是要成全堂姊在親戚心中的好孩子形象。

「哎，我是糟糕的，我不只偷過那次錢而已，之後也一直都會拿媽媽放在皮包的錢，甚至為了考試成績國中時我還很早到教務處去偷過考卷。我的理想成績不是你們所想的那樣簡單就名列前茅的。你嚇到了嗎？堂姊這麼糟糕，至今還沒有人知道呢！我從來沒說過。」

「為什麼要這樣呢？」我真的不懂。

「哎，你們功課一直都不好的人不會明白的啦，我們成績好的人競爭是非常激烈的，那壓力無與倫比，為了保持每一次的勝利必須不擇手段。」堂姊的語氣從方才的柔軟又變回了平日的剛毅。

我突然想起樂樂說的化妝對女人來說是武器，武器操作得當才能勝利。每個人獲取勝利的武器都不同，樂樂在

於化妝打扮，堂姐則是令人稱羨的成績，都是用來鞏固自信的匙鑰。

「我也常會自責，想找機會跟你講，但話吞在胸口又收回去了，總是鼓不起勇氣。你今天來找我也是好的，讓我終能有解脫之感。漢漢，真得對不起，但……也請你替我保守這祕密。求你——」最後的求你兩字異常悲淒傷懷。

我楞在日光溫暖的室內，突然有一種暈眩感。

原來是這麼一回事啊！

原來外表令人稱羨的一切美好都是付出這麼多代價換來的！不知怎地我突然能釋懷了，原本氣憤的厭惱通通徹底瓦解，本來想摔杯子的我有了另一種想法。

「我可以明瞭堂姊的心情，嗯，一切都過去了，真高興我今天來找妳，妳也把真相告訴我。我會把這一切隱瞞，當成妳沒告訴過我這些事一樣。而且也接受妳的餽贈，我要這些憤怒鳥杯。」

原來心念的轉換只在一瞬，人要開心與否就在心念。

「太好了，我找個箱子給你裝。」

她在書櫃旁尋著一個頗堅固感的瓦勒紙箱。

「你都要自己用的嗎？我記得你蠻喜歡憤怒鳥的。」

「我是要送給一個小朋友的。」

「小朋友？」

「一個很喜歡憤怒鳥也對我影響很大的小朋友。」

「喔，那太好了！」

5

　「喔，那太好了！店員哥哥，你真的要送給我這些憤怒鳥杯啊，你不會覺得很可惜嗎？要蒐集很久，花很多錢耶。我只是被你誤認是小偷的人，要表達道歉也不用這樣。不值得你送給我這麼好的禮物啦！」許多天後那個鬼靈精怪很會講話的小男孩終於又到我們店裡買東西，我把一整箱的憤怒鳥杯送給他，他超驚訝地。

　「值得的，非常值得的。而且我是要表達感謝。」

　「什麼？感謝我，真不懂耶。」雖然他說不懂臉上疑惑了一下下，又馬上換成了超級開心的表情，坐在我們店裡的座位區裡把憤怒鳥杯一一拿起來觀賞，看來對這個禮物他是十分滿意的。

　樂樂向我拋來一個充滿竊喜的表情，我也學她揚起上揚的眉，做了個淘氣的鬼臉。

　等我走回櫃檯裡，她問我：「怎麼回事啊？」

　「你以前不是問過我，偷過東西嗎？讓我來好好說給妳聽吧。」

　就在便利店不斷叮咚叮咚的客人進門聲與我們不斷歡迎光臨，關東煮買五送一的介紹詞空檔中，我開始講起我那個沒偷東西卻被冠上小偷之名；也造成我再也不曾偷過任何東西的事件。

　現在想想，其實那天以為小男孩是來偷憤怒鳥球的誤會也是好的。

「請問一下，我想換憤怒鳥杯有沒有呢？」一個高中生模樣的客人拿著集點紙進來問。

　　「不好意思，都沒有了，已經缺貨了需要預購了。」樂樂答。

　　「真討厭，每次集點集得要死到後來都會缺貨又得等好久，好討厭。」客人不斷的發牢騷。

　　「我也跑了好多家換都換不到，你們每一檔活動幾乎都這樣，不太優喔。」旁邊的客人也加入幫腔的行列。

　　「那——那個小朋友怎麼會有？」

　　我們的目光一起移往小男孩細品著憤怒鳥杯的座位區。

　　「嗯，他值得有。」我亂七八糟回答一通，客人摸不著頭緒。

　　我像一隻竊笑的憤怒鳥，把客人的牢騷都一一彈飛出去。

　　就是那麼歡喜的結著帳；前所未有的歡喜——

　　我在想，不必當一位像堂姊那樣的資優生，真是美好。

　　「歡迎光臨，關東煮買五送一，咖啡第二杯半價喔。」我和樂樂同時說著，開心地，我想我真的愛上我的工作了。

拿憤怒鳥杯的小男孩最後是打電話請他阿公來接他。當他走出店門時我像平常一樣說著謝謝光臨，心裡也喊了好大好大的一聲：真的謝謝您——

　　「阿公，我下次還要來這家 7-11，我喜歡這位大哥哥。」小男孩跟他阿公說。
　　「好好。上車吧。」
　　我突然想起小男孩以前還罵過我「死店員」的，哈。
　　我揚起一個如憤怒鳥般竊喜的表情，真得非常開心——

　　　　本文獲第七屆臺南文學獎華語短篇小說類佳作獎

金面三媽

1

夜半的雨聲傳進屋裡，窗是高級隔音窗的等級，雨聲還大到把她驚醒，想必狂大，這場滯留鋒面的梅雨真的驚人。

她在黑暗中坐起，發現枕頭、背部的床墊上已微微溽濕，摸摸自己上衣的脖子緣口處也一樣潮濕一片。唉，是盜汗吧，明明冷氣開得頗冷的，難道自己的更年期也提前來報到了。她胡亂想著，在黑暗中走向落地窗，拉開厚密的窗簾一角，臨窗探看，大雨滂沱還夾帶著一點閃電，亂可怕的，她趕緊又拉上窗簾，瞥見桌上的鬧鐘正指著三點一刻。

呼，跟昨天一樣都是這個時間驚醒。

不，應該說已連續四、五天都在夜半裡醒來了，這也是更年期的症狀嗎。

還是這幾天的新聞造成的焦慮，促成睡不安穩的狀況呢。

　　她想到下午母親的來電：「我要去打什麼ㄟ阿疫苗嗎，打了會不會像電視上報的一堆人死翹翹。」

　　「不是ㄟ阿疫苗，是 AZ 啦，妳講的好像臺語的鞋子。」

　　「不管什麼的，我看那個新聞報得很可怕，已經很多人死掉了，一定要打嗎？」母親在電話那頭的聲音埋進惶恐。

　　「是說打了比較有防護力，如果染疫比較不會有重症出現，還是打比較好啦。」她這樣回，心裡其實很心虛，一整天新聞裡報的猝死案越來越多，她看得都慌，打疫苗的風險真的頗高啊。

　　「不打沒事，打了卻死掉，那幹嘛要打，去送死嗎？」

　　「沒有一定會死掉啦，妳別亂說。」

　　「反正還沒開放到妳施打的年齡，妳再想一下啦。專家說的，打疫苗還是利大於弊，妳考慮一下。再想想。」其實她覺得風險很高，嘴巴上勸母親去打，心裡其實很掙扎，很怕不好的機率發生在自己的母親身上。真的很難。

　　「我是不想打啦，但妳哥一直叫我能打時就趕快打，唉，反正我也沒在出門的，哪裡去跟人家染疫哩。」

　　「不能這麼說，病毒是看不到的，妳總還有上菜市場的時候吧。」

「很少了，妳大嫂會拿飯菜來給我吃。現在連廟都不能去拜拜了，媽宮不能去了，我就更懶得出門。喔，我好想念我的媽祖婆啊！」

「對啦，不能去拜了，待在家比較安全。」

「唉，但是整天待在家真的很悶很無聊，我下午坐在客廳竹椅就在那邊看日頭移動的影子，覺得時間怎麼這麼漫長。電視新聞也不好看，整天報疫情的消息，看了都煩。」

「不用看太多新聞，妳後院不是種很多花草還有一些菜的，可以多去後院忙，順便運動運動。」

「好啦，妳們也多保重啦。什麼時候回來啊。」最後一句什麼時候回來啊，是母親每次和她聊天常講的問句，也不管她是不是半個月前才回去過她也都會講這句。

「不知道，也不知道三級警戒要延多久。好想吃仙人掌冰喔。可能七月還是沒辦法回，八月看看吧。媽媽，妳再想一下，還是早一點去打疫苗嘿。」

「再看看啦。」

再看看啦。一場疫情讓很多事情都沒法有確定性。

本來她預計端午節要回澎湖的，五月初時就訂好返鄉機票了，難得這次阿匡有假，兩個小孩也都說要一起回去，難得的全家性都能一起回澎湖過節的時光，她好幾年沒吃到媽媽包的粽子了，央求母親今年來包粽，母親本來

說年歲大了不想操勞，要吃去買金鎖港家的吃吃就好，後來也被她說動了，決定自己包。結果，一切難料。

這世事無法掌握的實在太多。

病毒的大網在地球飄移、壟罩、包覆時，曾在我們的領空開了一個洞，讓我們還是自在的生活，只是臉上多罩了一片口罩而已，一切如常的生活著。病毒一旦入侵，它就以凌厲張揚的大肆漫襲悄悄勾織起它原本開口的網。他們是攻略城池的敵軍，穿著癮形的軍服，隱身術是他們的配備，偷襲是他們一貫的伎倆，向誰下手，攻略簿裡不會記載，都是隨機。我們無所對策，只能躲進家園，用水泥圍牆的圍掩保護暫時安全，學會蝸居是此刻必修，串門子的習慣只能收編。

如今疫苗這防身盔甲已經送來，有人罩上癮形護身加持，感覺平安自信。有人一罩上卻一命嗚呼，回歸天國。不敗給病毒侵襲，卻敗給疫苗盔甲的副作用攻擊，它要侵襲誰也不會事先造冊，是否領取防身盔甲罩身，真的好難。

這世事無法掌握的實在太多。以為的五月底就能解封，結果一路跨過端午，返鄉的機票只能退掉。以為端午之後就能如常上街，結果一路封到暑假。

到底還需多久才能正常生活，週邊憂鬱的朋友如雨後春筍般一個個冒出，速長出來真的很可怕。

憂鬱的網和病毒的網都一樣令人害怕，差別只在快與慢之間吧。

她知道自己心底憂鬱的網已在悄織，只是用壓抑的假面樂觀來掩蓋，因為她知道身為母親，她需要先 hold 住自己，才能面對自己的兩個小孩和她最擔心的母親。

　　母親從父親猝逝離開的那年起，就鬱鬱寡歡的過著日子，再碰到當今這狀況真的難以想像會變得如何，現在又沒法飛回澎湖，真是令人擔心啊。

　　她試圖再躺下，還是輾轉難眠，乾脆開燈起來到書桌前繼續畫白天沒完成的色鉛筆畫。

　　雨聲從狂烈變成滴答輕雨，已透不進隔音窗裡了。

　　換做，色鉛筆磨在紙上的刷刷聲；一種安撫人心的美妙音節。在這個雨夜深謐時光中化成如安眠的樂音，她畫了半個多小時，才終於有睡意，上床安眠了。

　　畫色鉛筆的時光成了日子裡的救贖時段，她慶幸還好有去學畫。

　　去學畫的原因本來只是因為在學校當故事媽媽的她，講完故事後偶而會帶些手作或相關圖畫的活動，她發現用色鉛筆帶領小朋友做畫是很適合的畫材，不會弄髒手也好攜帶，小朋友也幾乎都有。剛好圖書館有開短期課程，她就和幾位故事媽媽一起報名去。

一開始大家也都是一樣沒有很好的表現，之後她畫出了興趣常常受到老師的稱讚，就越畫越有勁。老師沒派作業，她都會自動找相關題材再練習。圖書館的課程結束了，其它媽媽都自動把畫具收起來了，她卻主動來到老師的畫室繼續學習，她覺得一張美美的色鉛畫作完成時，很滿足，很喜悅。

　　「秀敏，妳真的好適合畫色鉛筆，這個暖暖柔柔的筆調只有妳畫得出來，都比我畫得還好哩。」老師趁學生還沒來時，翻看了她的畫本。

　　「真的嗎，老師別說客氣話，是老師教導的好。」她還有點不自信的。

　　「真的真的，我教過超多學生了，看得出每個人的特質和適合的畫材風格，有些人適合油畫、水彩的，但妳畫色鉛筆特別好。」

　　「不過老師我好欣賞你們畫的速寫水彩和油畫呢，但我知道那些我不行，我還是慢慢磨我的色鉛筆，慢慢疊慢慢畫適合我這種動作不迅速的人。

　　老師妳上週教的 Q 版媽祖我回去還有畫一張哩，是參考妳送的關山米上的那個媽祖畫的。」她把畫本往前翻。

　　老師露出驚訝不已的神色，一連串的讚美話語不斷。

　　「老師我還用 7-11 的 IBON 印出明信片了呢，一張送給妳。請不吝收藏。」

「太棒了，跟上次那張比起來又不同的感覺，搞不好可以發展一系列的媽祖喔。」有其他學生來教室了，老師說完就先張羅別的事離開了。

　　她聽完也沒當一回事，還是照著老師的進度畫著各式的色鉛題材。

　　只是這突然被三級**警**戒打亂的生活，她的色鉛課也停了，生活裡唯一讓她能靜心又滿足的時光也被剝奪了。還好的是，一段時間學下來打下的基礎也有點成果了，現在自己找題材畫也不是不可以。

　　她想起之前老師曾說的，搞不好可以發展一系列的媽祖喔。又想起母親說的媽宮也不能進去了，好想念我的媽祖婆。不然我就來畫一張澎湖天后宮的媽祖來送她好了。

　　小時候就常和阿嬤和媽媽去天后宮的她，對媽祖是親切熟悉的，但真要回想故鄉的媽祖究竟是什麼樣貌還真是模糊一片。大學就來到臺灣島讀書的她就再也沒回澎湖長住了，對於故鄉的事物常覺熟捻的不得了但其實是模模糊糊，在臺北讀書四年，後來就嫁來臺南一直居住到現在，可能要聊臺南的媽祖都會比澎湖明瞭哩。

　　她只好上網尋找澎湖天后宮媽祖的影像。

　　也從網頁裡看到了媽祖的容顏。她覺得金色臉顏的三媽線條簡潔、特徵明顯比其他兩尊二媽還有署任媽祖好畫

多了，決定以三媽的影像作基礎，將之變換成比較可愛Q版的造型。

她把構好線稿的草圖在視訊時傳給母親看。

「嘿，這是啥咪？」母親在line的那端做了一個退避三舍的動作。

「有畫得這麼醜嗎？這是媽祖耶，妳不是很想念媽宮的媽祖我打算畫給妳的。」她把圖紙再放正一點，方才紙張有點捲曲。

「畫給我？」

「對啊，像上次母親節那樣啊，買不起項鍊就用色鉛筆畫一條藍寶石項鍊給妳當母親節禮物啊。前陣子我們色鉛課剛好有畫Q版媽祖，我還畫了兩張哩，老師說我畫得很不錯，所以我想既然廟進不去，我就畫一尊送給妳。」

「這樣喔，上次的項鍊真的很好看，但這尊……好像……」母親移動了一下竹椅湊上前看。

「怎樣呢？」

「這媽祖是在睡覺？」

「不是啦，是眼睛往下看，表現慈眉善目的樣子，妳看仔細，我有畫眼珠子。」她再把畫紙往前擺、拉正。

「喔，看到了看到了，是畫得不錯啦，但眼睛可以畫大一點，不然對我們這種老人家來看有點不清楚。」

「嗯，我再改看看。對了，媽媽妳決定去施打疫苗了沒，澎湖七十五歲以上的都可以全面施打了。」

「當然還沒，我聽去打的阿漂姨說隔天發燒，還頭痛到快爆炸，我聽了就怕。妳沒看電視說全臺因打疫苗過世的已經六十多人了，猝逝的一大堆，我不敢打。妳記得妳爸猝逝的那景象吧，太恐怖了。我沒有勇氣去打。」母親在鏡頭前的臉馬上從歡喜變成落寞。

　　「妳可叫大哥陪妳去，怕有什麼狀況就先去他家住幾天，不要一個人待在老厝這邊。」

　　「唉，再說吧，反正我還不想打。出世到今也沒看過這麼恐怖的病，會到要關廟門，哪裡都不能去，這是什麼世界啊。這是老天要收拾人類了嗎？」

　　「哎呀，澎湖天后宮都已四百多年了，搞不好以前也有瘟疫也有關廟門之類的時期，只是我們沒碰到。媽媽想開一點啦，現在科學進步了有疫苗了，人類會找出對應的方式的。好好活著就是了。」

　　「對啦，好好活著就是了，我可不想打疫苗然後猝死去。」

　　「沒有每一個人都會猝死啦，那就太恐怖了。」

　　「就是有可能性，危險啦。」

　　「好了，不跟妳講了。恆宇在上線上課有狀況在叫我，改天再聊了。」

　　「好啦，你們什麼時候回澎湖？」

　　「吼，媽媽，現在還在三級警戒我怎麼知道什麼時候才能回澎湖。」

「啊，對對，我又忘了。好啦，大家都平安啦，等疫情過去再回來。」

等疫情過去再回來。這會很久吧，誰能知道何時是疫情結束之時，只能說和緩一點的時候吧。她也想起父親猝逝那年，她在臺南的一個工作剛好結束有一個月的空檔，她就回澎湖老家。老爸跟平常一樣帶觀光客去望安和七美，回來後說去阿德叔那邊坐坐小酌一下，就突然傳來猝死的消息。

一個原本活蹦亂跳的生命，前一天還跟妳閒話家常，隔天就突然不動死亡了，那種痛、不能接受，真的錐心裂肺。現在新聞裡每天報的染疫死亡人數、因打疫苗而猝逝的死亡人數，好似已習慣、只是一些數字，背後隱藏的都是多少家庭的傷痛。那傷痛是難以衡量的巨大。

所以她了解母親對打疫苗怕會猝逝的惶恐。

母親說的，這是什麼世界啊。這是老天要收拾人類了嗎？站在別種物種的角度來說，人類不是也破壞了許多大自然，讓許多物種因此絕滅了。人類把地球環境傷害殆盡，汙染嚴重，病毒的發生說不定也是人類自己造成的反撲。

都是息息相關的吧，地球的子民；人類的我們，都得更謙卑的吧！

她照著母親的意見把畫稿裡的眼睛改大一點，但還是維持往下垂看的憐憫樣態，眼尾的紋線往上拉提，嘴角也

上翹一點，整體感覺可愛一些，更符合 Q 版圖繪的風格。她開始上色，黃、橘、紅、藍的色彩一一飛上圖面，為媽祖的彩衣填進了繽紛的色彩，后冠的垂珠雖然繁多細小，但在她耐心細膩的慢磨下也有不錯的呈現。

　　呵，看來還不錯呢，她在心間歡呼起來。這也是她喜歡色鉛筆的原因，可以靜心，不慌急的慢慢畫都會有不錯的呈現，不像水彩的不可控性那麼多，是一種對初學者友好的畫材。

　　畫色鉛畫也是這疫情期間不安定的心緒下，最好的療癒出口。

　　最後她把很少使用的金色色鉛筆拿出，開始畫媽祖的臉，用一種虔敬之心。就好像雕刻師傅要為神像彩繪開光的那種虔敬心情，之前畫課堂上的作業那兩張媽祖都沒有這種心念，或許這是故鄉的媽祖；和自身情感有深厚連結的關係吧。金面媽祖在她的彩筆下，顯影了溫暖柔光。

　　一完成她就用 Line 傳給老師看，想聽聽老師的建議。

　　「整體感很不錯，但跟妳傳的這張澎湖天后宮三媽原稿相較起來，我覺得臉可再畫金一點。」老師寫道。

　　「我也想畫金一點也已經很用力畫，就是金亮不起來，可能是色鉛筆的關係。」

　　「有可能，妳是用水性色鉛筆畫的吧，用油性的會濃一點金一點。」

　　「好，但我沒有油性的，我去單買一隻金色的好了。」

「金色使用率不高，妳要去買也麻煩，我借妳就好，我這邊有多家廠牌的油性色鉛筆妳可以把畫作帶來試畫看哪隻金色的適合。」

　　「老師，現在是三級緊戒我過去沒關係嗎？」

　　「沒關係我現在也很閒都有在畫室，只有妳我兩個人也不算群聚。」

　　「好喔，那我等等過去，也想跟老師借幾本色鉛的書回來看可以嗎，在家可以看著參考畫，不然現在圖書館關了也沒法借書。」

　　老師傳給她一張大大的 ok 貼圖，她跟兒子恆宇交代一下就出門了。

　　老師在她的三媽媽祖像上，疊上金色的油性色鉛，再把一些衣飾的圖案加強一下，也把整個身體邊緣都畫了弧形深調子。

　　「妳看，這樣有沒有好些，比較有立體感。」老師把圖遞給她。

　　「哇，經過老師的手就是不一樣啊。金色三媽容光煥發的出巡了。」她說完自己笑個不停。

　　「我就說妳適合畫色鉛，也能來個一系列媽祖的，不然我們臺南安平媽、鹿耳門媽、大天后宮媽……一個一個來好了。」

　　「再說再說，老師我去後面借書喔。」

「沒問題看妳想借什麼盡量借。」

她在教室後方的書櫃先是翻了翻色鉛的書，再往旁邊的繪本區翻看。好像發現寶山一樣，屬於故事媽媽的敏銳觸角完全開展。

「老師，妳這邊好多繪本喔，也可以借嗎？」

「當然可以，有些繪本是畫畫課引導用的，不過現在都暫時用不到，妳盡量借。」

她蹲下來仔細看，以前都只有隨意略過，她發現好多本澎湖縣政府文化局出版的繪本。

「老師妳怎麼會有這麼多澎湖的繪本啊，這些我都沒看過耶。」她好像發現寶一樣，只要看書背裡寫澎湖縣政府文化局編印的就將之抽出來。

《雞母狗》、《海洋的星星》、《龜鄉》、《因為我是澎湖的小孩》、《媽宮奇遇記》、《蔬菜的島》⋯⋯算算有十來本。

「之前在圖書館教色鉛時，剛好遇到澎湖書籍的展覽，展後文化局說不用再寄回歸還可自行處理，工作人員知道我也有在畫繪本就通通送給我了，妳是澎湖人應該對這些繪本更有感情。」老師也過來翻閱。「這本龜鄉我就曾把它排進課程當美術主題，小朋友都好喜歡這故事。」

「我自己當故事媽媽，卻都沒看過這些繪本，沒講過給孩子聽哩。」

「那借給妳，妳以後可分享講給學校的小朋友聽，把自己家鄉的故事說出來一定很棒。」

「嘿，這邊還有一本。澎湖媽祖的故事，文圖顏玉露。哇這本有金面媽祖耶，還有千里眼順風耳，裡面介紹的天后宮相關事項很多耶，老師這本一定要借我。」她翻著，心裡悸動滿滿，感覺故鄉熟悉的點滴在書頁間發著光。

「通通都借妳，想還我時再還就好。都不急。我感覺妳看到這些繪本時眼睛都發亮了。」老師幫忙把書堆疊好，還找了個厚實的紙袋幫她裝起來。

「老師妳真的懂我。」

晚上她把老師修改好的金面三媽圖傳給母親。

「媽，我跟妳說，現在不能進去天后宮，妳就把我畫的這張輸出貼在家裡牆壁上，當成媽祖就在妳身邊保護妳一樣，沒有進廟沒關係。」

「畫的真的可愛又好看，但是真的有效力嗎？」母親一臉疑惑。

「心誠則靈啦，妳就當這是女兒給妳的護身符，幫妳在疫情期間加持保佑啦。」自己說完都覺得好笑哈哈大笑起來，感覺自己偶爾也得充當老萊子的娛親角色。

「是喔，那我把它貼床頭好了，這麼可愛的金面三媽媽祖婆。」

「感謝欣賞。對了，決定去打疫苗了嗎？」

「我是不想去啦，因打疫苗死亡的人口飆到九十多人了，這數字也太高了，我這老人家經不起這風險。」

　　「老哥有說什麼嗎？」

　　「他說每天本來就有很多老人會死去，不要把過世的人都當成跟打疫苗有關係。他當然還是勸我早一點去打，說打完兩周後才開始產生保護力，多一點人打才能早日群體免疫。哎呀，這些我都知道，我也有在看新聞，但妳知道就是會恐懼。」母親越說越小聲。

　　「不然等莫德納好了，美國送我們的之後會配送，據說副作用小一些，不然就等到時候再打好了。妳知道傳給妳的圖怎麼輸出吧。」

　　「知道啦，上次有跟你大哥去輸出店，跟他們加 Line 他們就會幫忙印出來了。之前的色鉛筆項鍊我還有請他們用好一點的紙印，效果很不錯。」

　　「那這張金面三媽就送給你了。我跟妳說，我以後還想畫我們澎湖的繪本。」

　　「繪本是什麼？」

　　「繪本就是故事書啦，給小朋友看的那種都是圖畫的彩色書，其實大人也可以看的。」

　　「喔，了解，我剛把它想成漫畫。奇怪了，小時候妳都不喜歡畫畫的，怎麼呷老咔咧出僻。」母親的臺灣諺語好傳神。

「啊，只是有這個念頭升起來，現在可以畫單張圖我相信以後可以畫一整本的。前幾天我畫畫老師借了我好多本我們澎湖的繪本，我發覺繪本這形式很適合介紹在地的相關事務，繪畫技巧不一定要很厲害可以藉故事傳遞地方歷史、文化、地景特色比較重要，如果有一天我可以創作自己故鄉的書，又親自講給小朋友聽，那不是很棒嗎。媽媽，妳要當我第一位讀者，不不不，是創作指導，許多澎湖的事都還要問妳。」她的話語聲裡盡是興奮音節。

　　「妳講一堆我聽不清楚啦，就是要出一本故事書就是了嗎。」

　　「嗯嗯，我是這樣想的。對了，最近晚上好睡否？」

　　「哎，也是差不多，白天沒事就是在竹椅上打盹，晚上反而睡不著了。」

　　「不然以後我來用視訊教妳畫圖好了。現在三級緊戒又延到七月十二了，也不知道還會不會繼續延下去，怕妳整天關在家太難過。現在也不知道八月能不能回去哩。」

　　「視力不好了，用視訊學畫太累了，我自己來亂畫，畫些小時候的記憶好了。我去跟妳哥哥他們兩個小孩借一些畫筆來畫。」

　　「讚喔，就這樣約定了，防疫非常時期不能出門趴趴走，就開始來畫畫吧。」

　　她無比歡喜的，原來疫情限制了人們的行動，卻也激發了不同的可能。生命會自己找出口，只要你願意去嘗

試、去跨越，不管什麼年紀都可以開始去做想做的事，想完成的夢想。

　　成天擔心疫情也是沒用的，她終於擺脫夜半會驚醒的恐懼，是藝術救贖了自己吧，她慶幸有去學畫。

　　因為畫完金面三媽讓她有了更多自信，她想畫一本望安和七美為主的繪本，因為這是父親以前常去的地方，早期他是漁夫出海捕魚為主要工作，後來年紀大了轉作開觀光船的船長，常常要載客人到望安和七美那邊。她那時已在臺北讀書也很少回澎湖，記得只去過望安兩次，七美才一次吧，對於自己的家鄉搞不好都比外地人還陌生。

　　記得大學時有位住北投的同學說她都沒去過陽明山哩，住臺南的同學也是因為我們請她帶我們玩才第一次進去赤崁樓，就是因為太近了反而忽略。自己不也是這樣嗎？澎湖已經很小了，自己對其生長的地方還這麼不明瞭，就用懷念父親的視角來創作繪本吧，畫他常常要停靠的島嶼。

　　畫繪本的念頭雖然迷濛模糊但最少有一個起始雛型了，她想藉畫繪本的這項工作來重新認識故鄉，把孕育自己生命起始的土地故事繪畫書寫起來。

　　有夢想的日子讓她覺得開心美好，不會淪為鎮日被孩子瑣事綁架的無聊主婦。

　　想到此她的嘴角就上揚起來，在新冠疫情下空白中斷的日常中，日子有了新的動力。

接連幾天沒有跟母親視訊，正想聯絡母親時，她倒先打 Line 過來了。

　　「跟妳講一件大事。」

　　母親講的第一句話就叫她心驚，她回：「什麼大事。妳也開始畫畫了嗎？」

　　「我去打完疫苗了，已經過四天了，還活著，所以是大事。」

　　「天吶，大哥陪妳去的嗎？他怎麼沒跟我說。」

　　「我叫他別跟妳說的，怕妳會擔心，想說狀況平穩再跟妳提。」

　　「怎麼怎麼，打疫苗有什麼狀況嗎？之前不是一直不想打，怎麼突然……」

　　「就是金色三媽來託夢叫我去打的。」

　　「什麼什麼！託夢。」她的嘴張得好大，手機差點掉下去。

　　「沒有啦，說託夢是太誇張了。大概是看妳那張圖看得太投入了，日有所思夜有所夢，前幾天晚上就夢到整尊亮晶晶的媽祖走過來，感覺好祥和，在夢中好像聞到一縷香氣，但媽祖都沒有說話，就像妳畫作裡的眼睛垂垂地看著我，不久我就醒了。隔早我就有想法有勇氣想說趕緊來去打疫苗好了，也是打完才跟妳大哥講的。」

她覺得母親在螢幕裡的臉比前幾天冉亮。

　　「妳也真勇敢哩，事後才講。打完有狀況嗎。」

　　「我也擔心會有狀況，妳爸猝死的那種恐懼太強烈了，所以我有到妳哥那住，隔天有微微發燒和肌肉痛而已，昨天就回來這邊住了。妳大哥擔心我一個人在老厝這邊就叫阿晨陪我住，她們大學的課也結束了。」

　　「那就好，不然一個人真的會擔心。」

　　「第二件大事就是……」老媽講完突然走掉消失在鏡頭前。

　　「好神祕啊，是什麼大事呢？」

　　「妳看。」母親的手上拿著一個白色的帆布袋。

　　「喔，妳新買的袋子嗎？」

　　母親把袋子翻過來，她畫的金色三媽圖像鑲印在袋上，斗大醒目就像坊間賣的文青袋一樣。

　　她超驚喜的。「妳印來送我的嗎？好好看啊！這是誰畫的啊，怎麼這麼好看啊！畫者是許秀敏駒。哈，我是自我感覺良好，太陶醉了。妳怎麼有想法要把它印在袋子上。」

　　「不是我的想法，是我那天去輸出店要請老闆幫我把圖片印出來，一位在市區那邊賣禮品店的老闆也在那邊印筆記本，他看到說很喜歡妳這金色三媽想跟妳買版權，說想做一些周邊商品。他的店都是賣一些澎湖相關物品，專門賣給觀光客的，這是他打樣出來的先送我的，他說如果

妳願意售版權的話等妳回澎湖時再見面當面談，反正現在三級緊戒他們店暫時關閉也不急。

「這是不是很好的大事？」媽媽說完，阿晨亂入鏡頭裡搶說：「姑姑，妳這個 Q 版三媽文青袋真的好好看，我也要一個。」

「沒問題，哇太開心了，想創作故鄉繪本的心願還沒開始，就先有人欣賞單張的圖畫，耶，太給我信心了。」

「姑姑，跟妳說，我昨天和阿嬤也有畫金色三媽喔，不過我們的是幼稚園等級的，畫得好拙喔，妳看。」阿晨姪女從身後拿出一張用蠟筆畫的金色三媽。

「不會拙啊，很有素人畫家的味道哩。」

「只找到蠟筆所以畫得不細膩，但阿嬤畫得好高興，阿嬤還說如果媽宮有開廟門能進去廟裡時，她一定要衝進去仔細看媽祖婆是長怎樣。」

「對啊，如果能解封我們能回澎湖，我也一定要到天后宮拜拜，感謝媽祖給我的夢想自信開端，也實在太久沒回去了，好想念仙人掌冰啊。」

「姑姑，乾脆我買來結凍寄過去給妳好了。」

「不用啦，我可以等待。等待能醞釀吃到時更覺珍貴的美味。一場疫情下來，我更珍視故鄉的美好，不把它當理所當然了。」

「對啊，這也算疫情的另一個好處吧。不過我還是希望疫情快快過去，姑姑能快回來。」

「會的會的，一切都會過去的，我們安平有開航快艇直達澎湖囉，不用去布袋了，更快更方便了。」

「嗯嗯，期待解封的那天。可以去媽宮看媽祖拜拜的一天。

「對啊，這也是我期待的。」

會的會的，一切都會過去的。

重要的是在這段疫情情間妳發現了什麼是生命裡重要的。是親情是夢想，是工作是家人……在人生多出來的空窗時光哩，學會充實、學會內省、學會與內在的自己交談，也許病毒教會我們的是一堂無價的內省課吧。

她知道自己還會持續畫圖下去，但不會再是夜半睡不著的排遣時光了。現在的她一夜安穩的眠睡。不管新聞播報裡每天公布的染疫人數是多少，死亡人數是多少，不會再讓她輾轉失眠。

攤開畫紙，她的故鄉繪本開始落筆勾勒，望安、七美這遠方島嶼瞬間來到跟前，用著對父親思念的彩筆來做畫，摺頁間都揉進回憶。

畫累了，走向窗邊，遙望，這是故鄉澎湖的方向。

她發現，窗外的雨停了，真如氣象報告說是最後一波梅雨了，以後就是典型的夏日豔陽天了。可以回澎湖的日子應該不遠了。

一切都會過去的，久雨終會晴。疫情也終會過去。

她感謝，因疫情而開啟的生命新視野。

她喜歡，新聞裡講的同島一命這個詞。

臺灣、澎湖、金門、蘭嶼、綠島、馬祖，通通同島一命。

畫著故鄉的島，看到書桌旁貼的金面三媽，想著，會不會母親也正看著她貼在床頭的媽祖呢。看著看著，畫著畫著心裡就溫暖起來。她知道，故鄉的素材，將在她的藝術生命裡展開新的扉頁。無盡——

本文獲第二十四屆菊島文學獎短篇小說類佳作獎

天后時光

1

如果把時間點移回國小六年級的時光，我怎麼可能會相信二十年後的我居然會開了第一次的個人畫展。而且還有人接續找我畫各地的天后宮和媽祖廟。那個六年級時美術課都想翹課去練田徑，畫作總是七十多分有時甚至只有六十多分的我，真的沒有想過會成為一位速寫畫家。不，說畫家可能還太遷強，該說是一位畫者吧。

從前最不擅長的項目，成了現今的所好，萬萬沒想到。人生真的是有無限可能，無法預知的未來永遠在前方等待。

擅「跑」的我以為田徑體育會作為我人生賴以謀取生存方式的技能方向，結果跑出了個大轉彎，當年最不擅長的美術居然成為我目前展現自我的方式。人生果然是不可預測的啊，就隨順因緣吧。

就像當年我隨順因緣來到這個和鹿港很像的臺南一樣，誰會知道，本來只是做一名櫃檯人員的我，會以水彩的絢麗之筆來詮釋生活、記錄生活。

　　一切都是從那個幫速寫班拍課堂紀錄的片刻開始的。

　　美好的啟蒙。

　　2

　　「哎呀，我把媽祖畫得太媚了，有邪氣。」「妳那樣很好啦，妳看我這個媽祖好肥喔，好像得進行減肥工程的天后」「哈，我記得大臺南天后宮的媽祖就是像這樣胖胖福泰的沒錯啊。」「不不不，我要臉瘦一點的媽祖，我要土城鹿耳門天后宮的那種媽祖，老師怎麼改啊。」

　　我拿著手機進速寫班教室做課堂紀錄，想把大家作畫的樣子拍照做成影片宣傳，一進來就聽到此起彼落的學員笑聲。

　　大家好歡喜，但有的人看到我的手機就想躲。

　　「我畫得不好啦，不要拍我的，櫃檯小姐妳拍老師的，或者阿娟、慈惠他們的，他們是學姊他們都畫得很棒，我的不行。不要獻醜。」有人拼命用手把桌上的圖遮起來。

　　「不會啊，都畫得好漂亮啊，你們今天畫媽祖喔？」我說。

　　「對啊，想說媽祖生日快到了，先給大家畫一下應景一下。」老師邊說還邊去各桌指導學生。

「每個人的媽祖都好有特色喔，有粉紅臉的，有膚色的，嘿，你畫的黑臉好有個性喔，給我拍一下。」我走到教室裡唯一一位男同學的旁邊，發覺他的圖很有力道。

「哈，我的媽祖比較兇。」

「苡琳，他是我們班的班長、也是班草，從第一期就來學的資優生，妳可以多拍他的喔。」老師說。

「好。好像很好玩耶，我可以試試看嗎。這是什麼水彩啊？」我問。

「這是透明水彩。來，妳可以用這張試紙。」

班長為我示範了用代針筆勾勒線條，然後薄塗一層慢慢上色的方法，他的黑部是直接沾黑色顏料上色的，而是調了很多很多的咖啡和深藍，我也亂暈染塗鴉了一下下。

「好像蠻好玩的，不會很難吧？」我說。

「不會啦，大家也都不是科班出身的，也都能畫到這樣子，一步一步不難啦。」老師轉過身後說。

「那老師您可以也幫我代購一組這用具，我也要來畫看看。」

「好喔，沒問題的。」

就這樣，我踏進了速寫畫畫的領域。一開始因我還上早班沒法來上這位蔡老師的課，就利用回宿舍的晚上時光看一些臉書的速寫團作品亂學一通，等到一期的課程結束後我也輪調到晚班的時段，終於可以利用週二早上的時間來正式上課了。

這也是在救國團這邊上班的小福利，如果沒當班時想去上有興趣的課，身為職員的我們都是可以免費的。不過以前我從來沒去教室上過課，因為櫃檯工作已經夠忙了，加上研習、聯絡老師和廠商、開會……事情多得不得了，根本分身乏術於進修學習這一塊。老妹都說，妳在這麼資源豐富的地方上班，卻不知藉機學習充實自己，實在太可惜了。我說妳不懂我的累啦。

　　不過說也奇怪，來上速寫水彩的課一點都不累啊。

　　原以為對我們這種沒有美術天份、畫畫很差的人來說，上課一定很痛苦，會一直被糾正。不過因為老師說我們是畫速寫，只要抓一種 fu 就好，要怎麼呈現沒有那麼制式。合不合乎素描、透視的原理也沒那麼要緊，有時候線條歪了，反倒有味道。

　　這種理念實在太對我的胃了，因為我本來就是那種沒辦法把東西畫很精準，很像、很工筆的人，我就用一種很鬆散；線與線之間都沒連起來、到處是空隙的構圖方式來做畫。顏色部分老師也強調盡量多混色看看，多一些中間調子的表現方式，用色也沒有一定的標準，可以尋找出屬於個人的風格就好。

　　她上課雖然有示範，但也強調千萬不要畫得跟她的圖一樣，要自己去試、畫錯了也沒關係，有時畫錯的作品反而很有風格很特別呢。

這教法真的顛覆了我過往對一幅好畫的理解，以前國小國中美術課總被老師嫌棄畫得太鬆散、太空太少不夠嚴謹的我，居然在這裡找到了被肯定的信心。

　　「苡琳，妳真的畫得不錯耶，才幾堂課而已就有自己的風格出來了。」老師巡堂到我旁邊時說，好幾位同學也跟著圍到我旁邊看，大家此起彼落的讚美。

　　「有嗎？真的喔！」我有點不敢相信，自己真的畫得好嗎。從小習慣被嫌棄的人很難相信別人的讚美，總是會懷疑。

　　「妳看，妳這邊線條拉得多自然，草叢的色調也豐富起來了耶，才幾筆就做出了立體感。而且妳都薄塗偏淡彩，有種統調，很有整體感。」老師說得真誠。

　　「對啊，我們都畫很久才抓到這種感覺哩，妳才沒上幾堂課，就突然大躍進了。」一位叫阿娟的舊生說。

　　「超有潛力的年輕人哩。」看起來五十多歲的慈慧在我旁邊比了個大姆指。

　　「真的很棒啦，繼續畫就對了。」

　　大家的稱讚讓我有了信心，心頭歡喜的小花繽紛竄綻開來，也把前幾天回鹿港畫的圖拿出來跟大家分享。

　　「老師，妳可以幫我看一下嗎，這是禮拜天時畫的。看，學大家畫媽祖，從小不知道去鹿港天后宮幾次了，從沒認真看過媽祖的模樣，都是隨便拿香拜一拜就走了。這

一次來畫圖才很認真的觀察了媽祖神像的臉容、五官。」我把畫本往前翻。

「原來鹿港天后宮的媽祖是長這樣的啊，也是黑面的，應該是被信眾的香燻黑的吧。好幾年前也有去過鹿港，不過也都只記得吃的，還有一個很好看的天頂鑿井對不對，還是鑿井是龍山寺那邊啊，搞不太清楚，我們還去了一家中藥鋪民宅，房子好長喔，中間還有天井採光。」老師看著我的圖好像走進時光隧道般的又說了很多陪她同學去鹿港做彩繪修復的一些點滴。

「也是透過畫畫、觀察，才有機會仔細的看我們鹿港天后宮的媽祖，比較起來和之前妳們畫得更威嚴莊重感多一些。還有老師，我覺得這個金箔色要跳到黑色漸層很難處理哩。看，我還有畫不同角度的。」我說。

「透明水彩沒有金色的，的確比較難，可以試用染一點廣告顏料的金色會有金箔感吧。我下次也來試試。」老師續翻著我的畫本，一直嘖嘖稱讚。

「老師老師，我有買到金色的塊狀水彩哩，只是畫起來不太金。」有位同學湊過來。

「老師，其實我本來還有畫外面的磚牆耶，但是失敗了，不知道怎麼表現。」我把畫鹿港天后宮外觀的寫生圖拿給老師看，心裡七上八下的，因為實在畫得太難看了。

老師看完馬上拿筆小示範了一下一堵磚牆的方法，還說之前畫臺南老宅時有教過，只是那時我還沒來學。

「妳可以去翻我們以前在 LINE 群組裡的相簿，看看舊生畫的，就會更知道怎麼表現。啊，我想到了下次我們的寫生會到安平古堡妳就可以專門去畫那堵老牆，我再教妳。總之妳已慢慢有妳的風格出來了。」

　　就這樣我在翻看教室群組相簿裡學習起過往學長姐們畫過的題材，有的是小物、植栽、有的是風景，畫著畫著真好像有點樣子出來。把畫作傳給老妹看，以前對我很會批評指教的她居然一改常態變成讚賞連連，表示對我的畫作她也是持肯定的態度。

　　或許就是這些讚賞語串帶來的虛榮感，在我心間泛起信心漣漪的作用，我畫得越來越勤，越起勁，只要晚上在宿舍看電視時的時間，以前是跟室友打屁聊天，現在則一邊「聽」電視，一邊畫畫。

　　當畫出一幅滿意的圖時那種成就感真的很大。

　　速寫老師說除了多練習各種不同的事物外，抓一個有興趣的主題，深入去作畫也是很好的方式。像我發現老師她畫很多古蹟和火車站，她說臺南有許多老建築、古蹟都很適合作畫，古蹟隨著時代容顏會變更著風貌，她想用速寫之筆來記錄此時代的古蹟之顏。而火車站是愛旅遊的她喜歡的主題，只要是去過的火車站她就將之畫下來，慢慢累積也就很豐富有看頭。

　　那我在想我該畫什麼系列主題好呢？

　　故鄉鹿港的風景嗎？廟宇嗎？美食小吃嗎？老店嗎？

突然有點茫然無頭緒起來。

3

趁著假日回鹿港時，老妹突然說想陪我去畫速寫。

但她一陪畫才知道在戶外畫畫沒有那麼簡單，一會說太陽太大，一會兒說小黑蚊攻擊她，走到草地旁邊又說發現螞蟻窩。

「原來你們畫一張風景寫生是要付出這麼多代價換來的喔，太辛苦了，我看妳還是專門找畫室內的題材好了，不然系列作品沒畫成都已經曬成大黑臉了。跟黑面媽祖一樣黑媽媽的。啊，我看妳就專門畫媽祖好了，都在廟裡不會曬到太陽，且臺灣的媽祖廟這麼多讓妳畫都畫不完。」老妹提議。

「哈，妳的說法還真有趣。啊，想不想吃天后宮邊那家蚵仔煎，我在臺南都會想念這一味耶，陪我去吃吧，然後我想再去畫一次媽祖。」

「怪了，臺南安平不是也有很多蚵仔煎。」

「哎呀，妳不懂啦那是不一樣的，故鄉的滋味是取代不了的，雖然大家都說臺南的小吃超級好吃。」

「好吧，可能要等我離鄉背井後才會懂得。走，說走就走，我也想去吃那家的蚵嗲，點一個吃不完有人分享好。」妹妹趕忙幫我收拾畫具。

吃完了想念的美味，時間還早，我進到廟裡再畫一次媽祖的容顏。感覺自己運筆的線條更穩更有自信了，果然正如老師說的，多畫一定有差的，三個多月前畫的第一張天后神像就顯得無比僵硬和生澀，不過當時自己都覺得很好了，現在再看馬上覺得不行。

這是自己眼界進階，功力也進階的原因吧。

「嘿，妹，妳幫我擋一下，坐這邊坐這邊。」

「幹嘛啦，是要坐多靠近妳啦。有汗臭味啦。」

「稍微擋一下就好，我看到那位好像是我國小同學，我不想讓他看到我，等他離開就好了。」我說得極小聲。

「哎喲，國小同學就應該要敘舊一下幹嘛躲啦。」

「是陳彰慶，我不好意思看到他啦。快，再靠近我一點，他應該看不到我，等一下他就會繞出去了。」

陳彰慶是我國小同班同學也是田徑隊的，以前常一起練習跑步就產生了情愫，在六年級時我曾跟他表白過，但他說喜歡的是班上一位很會畫畫的文靜女生，讓我真的很受傷。從畢業都沒再連絡過，連前幾年同學會都故意不參加就是因為怕遇到他。不過說老實話，心裡還是默默關心著他的。

「黃苡琳，我沒看錯吧，真的是妳，天啊，有二十年沒看過妳了，妳怎麼都沒變，妳現在在做什麼？」陳彰慶從香爐那邊繞過來，還是發現了我，用極高昂歡喜的音調說。

我真希望天后宮的地板有個地道可以讓我瞬間鑽下去可以隱身。

　　「她在畫媽祖啦。」老妹搶說。

　　「喔，我是問說妳現在在哪裡工作。」

　　「在臺南的救國團當櫃檯人員。」

　　「臺南，怎麼會跑到臺南，是嫁去那裏嗎？」

　　「沒啦，我姊她還沒結婚，也沒男朋友啦。」老妹一直搶當我的發言人真的好討厭。

　　我一仰頭，看到老同學的嘴角揚起一道弧線。後來就坐下來在我身邊聊起他的現況。原來大家都「跑」出了大轉彎，跟他相比我算只是小弧彎吧，他才確確實實的轉了個大彎。

　　原本短跑健將的他，讀體專是理所當然的夢想，沒想到在一次載他媽媽去親戚家的路上，被轎車撞上，非常嚴重，在輪椅上坐了三個月才慢慢變成用拐杖走，後來還做了一段時間的復健才恢復正常。那個當年一心想在田徑場上發光發熱的耀眼健將，瞬間被剝奪了光芒。人生的彩度從燦爛奪目一下子變成黑漆陰暗。其間在肉體上和心理上的摧折無比巨大。

　　「當年我媽一直來這裡幫我跟媽祖求，從手術的那一天就開始，每一週只要有空就來求，希望我手術順利、平安度過這段黑暗期。後來我一能坐輪椅後就跟著我媽來這裡拜拜，現在雖然不住鹿港，只要一回來一定會來上香。」

彰慶說話的聲調和緩平靜，和剛剛看到我時的高昂喜悅真的差很大。

老妹說她聽得都想掉淚，但接到朋友電話有事情就先離開了。

我們在香煙裊繞聲音雜沓的廟宇中庭回顧中斷聯繫的人生路，不禁噓噓，時光若倒回國小六年級的那個當下，誰會料想到往後的人生會有那麼多的磨難呢。才二十年的光陰啊，就有這麼多曲折的故事。

想著，此刻來廟宇拜拜的人們，對著媽祖默念祈求著，每個人背後也都有很多故事吧。這個念頭一上來，我更想把手中畫至一半的媽祖完成。我把原先藍黑墨鬱色為主調的媽祖，畫上了柔粉橘暖色調的背景，用金色的廣告顏料鋪拍垂落自然的色點，讓整個莊嚴的媽祖有了溫暖的燦光。

「聽完你的經歷，我一定要把這張圖送給你。媽祖曾給你很大的力量，這張畫作就當成給你的一種守護，我特別用一種溫暖的色澤。」

「哇，真的嗎！太棒了，太喜歡了，這張真的很美，妳送給我自己就沒有了不是太可惜了。」

「不會啦，再畫就有了，不難。我妹建議我以媽祖天后為主題畫一系列的速寫，我應該會還有其他作品的，別擔心。不然先給我拍一下，我存成電子檔。」

「妳送我畫作，那我送妳這個護身符，我一直帶在身邊的。」彰慶從脖子上拿下一個布製的有點老舊的、印著鹿港天后宮大字的護身符。「這是從我發生車禍後就一直帶著的。」

「這是對你有很大意義的護身符，你不可以送給我，我其實也有媽祖的平安符啦，不過都放在袋子哩，沒有帶身上。」我在水彩畫袋的前方小袋子裡搜了老半天。「啊，沒放在這袋子，我放在臺南了。總之帶著故鄉媽祖的平安符就是有一種安定感。」

「嗯，的確。」

「那你現在住哪裡啊，在做什麼呢？」

「我住我姊姊花壇那邊，我姊嫁到花壇他們婆家是種植茉莉花的花農，我姊因對烘培有興趣在那邊開了間甜點店，如果妳有空回彰化可以來小店坐坐。」彰慶遞了張名片給我。

「好喔。」

「對了，我可以帶妳去畫茉莉花田哩。」

「嗯嗯，應該很不錯。那就先這樣了，時間不早了，我要早點回去吃晚餐，還得去搭車回臺南。」

「能遇見妳超開心的，保持聯絡了。等一下先互加個LINE，然後我再去跟媽祖辭行一下。」

我看到彰慶拿香對著媽祖神像祭拜的虔誠模樣，回想方才他所說的人生過程遭遇，更覺得有種感動力，偷偷拿

相機拍了他的側影。也許人與媽祖之間的互動關連也可以成為我系列作品的一個面向吧。

4

回到了臺南的日常，我比以前花更多的時間在水彩的練習上，也常跟速寫班的學長姐們討教一些顏料和畫筆用具的問題，感覺畫面上的功力精進不少，但唯有畫到人的時候就徹底挫敗了。

真的不會畫人啊。把手機裡偷拍彰慶拜媽祖的側影拿出來畫，失敗了好幾次都不滿意，人物的線條真的太難了，很容易就顯得僵硬。

我又到圖書館借了幾本人物素描的書籍回來練習，花了不少時間感覺掌握度還是很差。這就是非科班人面臨的問題吧，畫些物品或風景還可以，一畫有生命的動物或人物就難以掌握。

瓶頸處處顯現，挫敗感讓我好想放棄再畫。

還好彰慶對我作畫的鼓勵持續沒有斷過，還不時會寄些他在彰化拍的美景傳給我畫，最近傳最多的是彰濱的玻璃媽祖廟景色。

「咦，你今天怎麼傳這麼多媽祖和天后宮、媽祖廟的圖給我啊。」我一打開手機就發現彰慶傳了好多廟宇的照片給我，都建成了一檔相簿，我馬上回給他。

他可能覺得要打字太慢了，乾脆撥了電話跟我講。「因為我把你送我的那張圖放在姊姊的店裡，結果有位文史工作者來剛好看到，他說他們正在做我們境內的天后宮、媽祖廟的紀錄和普查，要寫成專書，問妳有沒有意願幫他們配圖，是有費用的喔，所以我先寄照片給妳看。」

　　「是喔，怎麼沒有想乾脆用照片就好呢。而且要找的話也應該要找像我老師等級的人來畫吧。」我說。

　　「哎呀，妳是彰化人畫我們彰化的廟會比較有感覺啦。妳看這幾家，新祖宮、興安宮、慶安宮，南瑤宮……妳應該都知道吧。還有玻璃媽祖廟護聖宮這畫起來應該也很美。妳就秉持著愛鄉思鄉的情懷來畫畫看吧。不要有壓力的。」彰慶娓娓道來，大概他是受過媽祖信仰幫助過的人，對此特別想成就護持吧。

　　我沒答應也沒拒絕，不過也就自然而然地拿畫筆畫起他傳來的圖片。

　　私下也再請老師指導，有時假日回鹿港就專門跑去寫生，發現看照片畫和實景寫生還是很不一樣，我愛上了親臨實地畫畫的感受。雖然有時太陽很大、有時還要躲雨躲蚊子，有時遇到愛問問題的路人干擾到無法作畫，但一般來說受到的鼓舞都很大。很多人會過來說妳畫得真好，可以拍照嗎？有的會希望看之前畫本裡的作品，然後給予很多掌聲，尤其是不吝於給讚美的小朋友們，當一群小孩圍

著妳，東問西問加上說，大姊姊妳畫的好漂亮啊，那種喜悅真的是無價。

　　尤其有幾次畫廟的過程中，巧遇廟方的工作人員，有的還會在旁邊跟我講建廟的歷史或一些小軼事，有的拿飲料來請我喝，都讓人備感窩心。

　　也從畫天后宮、媽祖廟的過程裡更了解了自己故鄉的歷史和特色，更加珍視自己所成長的這片土地。

　　「怎麼樣，年底可以開個小展覽了吧。」走在彰慶大姊婆家的茉莉花田道上，彰慶突然轉頭問。

　　「嘿，剛剛不是跟我介紹著茉莉花的品種嗎，怎麼突然跳到這裡。」我正聞嗅著花朵的清香，小小震驚了一下。

　　「之前跟妳提過的那位文史工作者郭大哥，他親戚家的老宅剛修復好，他們都不住那了，要把那邊變成藝文空間，可能販售一些文創商品，也在談進一些我姊家的手作麵包之類的，想請妳打頭陣辦「天后時光」的速寫水彩展覽，也許還會將作品印成明信片或桌曆之類的，當然也都要妳同意，會簽授權書的，這個空間我也有合夥投資喔。」彰慶講的明晰清楚，好似一系列的計畫都已在他的心間有了完整的規劃。

　　我反而退卻起來了。

　　「之前和速寫班的老師和同學有展覽過，不過因是聯展的關係都只畫兩張圖而已，要自己個展太挑戰了吧。」

「哈，不會啦，妳現在的圖已經畫得很好了，你只要畫，其他周邊的事物就交給我們來處理就好。」

「啊，真的從沒想過自己會有開畫展的一天哩。你記不得我小時候畫畫課都不想上，都想去練田徑，我畫畫成績差得不得了。」遙想童年不堪的往昔令人唏噓。

「記得啊，妳都一直叫我先去跟陳定軒導師請假，說是體育老師叫我們練跑，其實根本沒有。」

「真的真的，真的太不愛上美術課了，超會打擊人信心的一門課啊。陳定軒老師為什麼都給我打那麼低的分數，好討厭喔。」

「那妳這次的畫展更該好好表現，我幫妳邀老師來當嘉賓。」

「哈，又不是雪恥大會。」

「沒啦，沒啦，我開玩笑的。」

「好吧，就來挑戰看看吧，三十二歲的此時應該可以給這階段的自己一個不一樣的人生紀錄吧。就這麼決定了，年底辦畫展，就叫天后時光。」我不知怎的信心滿滿起來。

或許是人親土親，故鄉的人情支撐了我的信心吧。

身為彰化子弟，畫畫故鄉媽祖的容顏、廟宇，應該也會有媽祖的神助之力吧，而且臺南的媽祖廟我也畫了不少應該也有加深了一些基礎功力。唉，我不想想太多勇往直前往前邁進就是了。

5

「姊，昨天媽媽叫我整理書房的櫃子，我居然在一本作業簿裡看到妳畫的一張圖哩，很好笑是圖畫作文之類的，妳畫阿嬤帶我們兩個去天后宮拜拜的情景，妳把我畫的好醜喔。」有一天晚上老妹傳來這文字。

「真的嗎有在妳旁邊嗎？方便視訊給我看嗎。」

「沒問題妳等一下，包準妳會笑死。」

果然，看到圖畫的我笑得東倒西歪、無法坐直，連隔壁室友都來關切我是因為什麼事笑的那麼大聲。

「不好意思，不好意思，看到自己小時候畫得很醜的圖。」我說。

「怎麼可能會醜，妳不是都要調回彰化去開速寫班了。」室友說。

「妳看就知道了。」我把手機移給室友看，連她也笑得東倒西歪。

「太有紀念性了，一定要珍藏，以後要跟學生說妳看以前畫這麼醜慢慢進步有一天也可以成為老師的，只要有心用心凡事都有可能。」

「嗯，真的太感謝來臺南這裡上班遇到這麼好的老師的指導了，我也會把這經歷在畫展開幕的時候分享。」

「也是妳有用心學習努力啦。」

「算啦，都是感謝，那就謝謝我們鹿港的媽祖把我帶到這裡好了，現在她要把我帶回去照顧了。」

「咦，什麼意思？」

「兩年前我們在臺北受完訓要分發，看是要留臺北還是臺南，那時候我們彰化沒缺，我還回天后宮拜拜求籤問媽祖我要去哪好，結果問到臺南好嗎就求到上上籤。」

「原來啊，妳就來臺南了，我就說一般人都會想留臺北的，原來妳們媽祖有指示，媽祖都替妳鋪好路了。看來我也要來去鹿港天后宮拜一拜。」

「哈，歡迎歡迎。啊，其實不用遠道去的，人家說心誠則靈，哪裡的媽祖都一樣啦，臺南的媽祖廟這麼多，一樣靈驗啦。」

我們又歡聊了一下才各自就寢。

回想在臺南的這兩年我真的是收穫很多，算是沒辜負了這個好環境；一個跟鹿港很像的城市。豐富深遠的歷史紋理；慢調子的宜居之城。

只是現在剛好有調回彰化當老師的機會，我得把握。

6

如果把時間點移回國小六年級的時光，我怎麼可能會相信二十年後的我居然會在自己的故鄉鹿港開了第一次的畫展。而且還有人接續找我畫各地的天后宮和媽祖。那個六年級時美術課都想翹課去練田徑、畫作總是七十多分有時甚至只有六十多分的我，真的沒有想過會成為一位速寫畫家；不，說畫家可能還太勉強，該說是一位畫者吧。

從前最不擅長的項目，成了現今的所好，萬萬沒想到。

　　也萬萬沒想到促成畫展的重要人物，就是當年一起練跑的田徑隊同學；告白失敗的愛慕之人。從童年邁向青壯年，我們都跑出了人生的大轉彎，我不知道我能否成為一位出色的速寫畫者，但先要求自己成為一位優秀的老師，我也要帶領對畫畫有興趣的人們，開啟他們對畫畫的信心，不要被過往制式的刻版教學，封鎖了對美術的喜愛。

　　我知道未來還有好多挑戰，畫展只是一個新的里程，回到故鄉滋養我的土地我更有力量往前邁進。我知道我不會一直留在鹿港。花壇、王功、員林、秀水、福興、芳苑、二林……我將循著畫媽祖、畫天后宮的路線，慢慢來認識這塊土地，用畫筆來記錄這裡的豐澤之美。當然，我也會常回到讓我找回信心，找到人生新方向的臺南城，是這裡純樸良善的環境讓我找到新的可能，感謝速寫班的同學還有蔡老師。

　　再次畫了張鹿港媽的容顏，篤定的線條和用色就如我現在心定的感受一樣。不在意畫的好不好像不像，不在意別人是否有讚美的言詞。莊嚴慈祥又溫暖的媽祖之顏，在畫紙上，也在我心版上。明晰無懼的──

　　我的天后時光，從臺南開始，回歸彰化，我知道還有臺灣更多城市的行腳，將要展開──

天后時光　　097

畫虎

1

冷氣已經開到二十四度了，我還是覺得燥熱非常，是心緒吧。想要罵出口的氣必須在口腔間收斂，反吐回身體產生無比的燥熱之氣。還是更年期即將提前到來，我不知道，也不想去知道。我只知道週六美術教室的一天，就是戰場。

也是我的修練場。學生就是修練導師。

絕對是的。

週六的美術課堂中，教室裡滿滿學生，雖然已有兩位助教來幫忙了，我還是像熱鍋中的螞蟻般，揮著汗東奔西走地在座位間指導著小朋友該用水彩還是再塗一些粉蠟筆。一會兒接電話，一會兒接手機，一會兒又指揮請助教

幫忙處理小朋友把水彩潑到地板的慘況，房東的高級石英磚可經不起我一再的摧殘。

　　一會兒手機裡的 LINE 通知音聲又接續響起，我知道一定又有家長要問我什麼了。也許是請假，也許是調課，也許是奇奇怪怪的詢問，我真想假裝沒聽到通知聲，不去看手機。但堅持不到一分鐘，螢幕的光即將變暗前，手機發出強大的磁吸力；不，應該是我自己沒有定力，還是往放手機的桌子靠近，很自然地壓起解碼鍵。

　　是漢翔的媽媽傳給我一張她帶漢翔去南瑤宮寫生的四開水彩。

　　「蔡老師妳看，趁假日帶他去寫生，他畫成這樣，妳能認得出來是畫南瑤宮嗎？」訊息這樣寫，還附了一張線條簡單，屋頂歪斜，有著兩個人物背影的圖。

　　「看得出來啊！」我回寫。

　　「老師妳人真好。但是畫這樣實在太單調了，完全看不出來是學了兩年畫畫的人。」

　　我看到這樣的詞語，不知該怎麼回應，因為漢翔就是在我們畫室學畫的啊，這意思就表示我教得不好，才造成這樣的成果。我不知該如何回，感覺額頭有三條線，和一群烏鴉飛過，轉過身跟助教討論一些雜事。

　　「老師我這樣寫沒有什麼意思，妳不要誤會，是我們漢翔自己和別人不一樣。

雖然他已經沒有學了，但可不可以讓我拜託一下，下午讓他去妳那邊再重畫一張南瑤宮。」冗長的文句後，還接續附了三張拜託的可愛貼圖。

可愛的貼圖卻有令人生畏的可怕感。原來可愛和可怕不在表像，而在看的人的意識心緒啊。

腦裡浮上的都是漢翔在畫室製造麻煩的畫面，他會把蠟筆、壓克力顏料、白膠……拿起來聞，曾把沾在手指上的水彩顏料往別人的衣服塗，有時拍打起鐵製的畫桌抽屜造成巨大聲響卻嗝嗝笑個不停，站到會旋轉的單人沙發上探看窗外街景差點掉下來，拿剪刀亂剪圖畫紙……只要想起這些令人頭痛的畫面，就沒有勇氣回 LINE 的訊息。

但我還是會聯想手機那頭楚楚可憐的漢翔媽媽表情，她也很沮喪無助吧。

我終究還是回傳了個 OK 的貼圖給她，雖然我的心裡一點也不覺得 OK。

這就是當開班才藝老師的辛酸吧，如果是藝術家就不管這些鳥事了。

當然我也知道，當藝術家也有不同的煩惱和難處的。也絕不會比我少，只是此刻我好想是一位自由創作的藝術家，沒有這一大堆的人情壓力羈絆；遇上怪怪學生的苦與甜是一言難盡的啊。

在紛雜的課堂間，我竟回想起往昔與一些特殊學生交手的「可怕回憶」，也是教學生涯中不想憶起的片段，我

以為這些片段早已模糊，湮滅在記憶長河的深底了，哪知一想起還加速著驚懼的心跳，還是恐懼的啊。

2

　　第一位碰到的怪怪學生是在臺北板橋國小遇上的。這是一群學校老師自組找我去教她們孩子的美術課，鐘點優渥，接續沒有其它要趕的課，又是暑假的關係，畫完了我不會馬上走，會陪他們在外面的遊樂場器材區玩一下。

　　一位戴眼鏡有點遠視眼的四年級女生，前一刻還跟我聊天聊得好好的，下一刻竟然把臉貼近我不到十公分的距離，且一把把我的眼鏡從臉上扯下來，不但弄痛了我的眼睛，還把我的眼鏡弄歪了。對於她這突如其來的舉動我覺得莫名其妙，問她怎麼回事為什麼要這樣做，她只瞪了我一下又繼續玩她的溜滑梯去了，好像剛剛什麼事都沒發生一樣。我問了一位比較熟叫心貝的同學；她是班長。跟我說：「老師她有自閉症，平常都不太講話，有時好好的像正常人一樣，有時會有莫名其妙的舉動，我們也沒法理解。」

　　「我剛剛有說什麼得罪她嗎？」我自語著。

　　「老師，是她怪怪的，不要理她就好了。不過我媽媽和她媽媽是同事兼好朋友，媽媽交代我不可以排斥她，要跟她玩。」

　　「喔，這樣啊。」

「其實我一點都不想跟她玩，噓，小聲點，不要讓她聽到了。」

「喔，這樣啊。」

從那次之後我去搜尋了一些關於自閉症的相關資訊，也才回想起之前在別的兒童美術班也教過幾位這樣症狀的小朋友，有的在色彩方面表現的特別突出，配出來的色調有異於常人的美。但這些孩子真的有難以溝通的地方，自認為溝通力不錯的我都不知道該怎麼和他們聊天。

後來自己開了畫室，還遇過過動兒來上課。

平常好好的大班幼稚園學生，但一次和隔鄰同學爭一個陶藝切刀，在我一沒注意間，他竟要拿那個尖銳的切刀往同學的手背壓下去，還好我搶在那瞬間拉住了他的手臂，沒有讓悲劇發生。

但真的嚇出我一身冷汗了。

還好這位是幼稚園大班生，他的行徑和力道我都還控制得住，過了多年後遇到了是兩位六年級的學生，也是因為一些語言和理念的不合，拿起美工刀要往對方身上劃，我用盡力氣跟他們規勸，完全沒辦法，還得靠肢體的阻擾和拉推，周旋了半個多小時才平息那可怕的動亂，有一位同學我知道長期就有在彰基做治療，他是需要靠藥物控制的孩子，本來就有按時吃藥，母親在來報名時就有大概跟我說過他的狀況，但另一位失控的學生家長從未提起他的

狀況，在後續的聯絡中我才知道他是高功率的自閉症患者，怪不得每次上課他都在跟我說他看過的歷史故事，年代和人物記得滾瓜爛熟的。畫畫的表現也很優異，他的畫作常常成為我課堂上的示範，超出一般同年齡層的表現。

但他們都像不定時的炸彈般，何時會引爆我也不知道，每次他們來上課我都懷著七上八下又喜又憂的情緒，看到他們的好作品會有惜才驚嘆的喜悅，但心裡的恐懼瓦罐沒有移開過，哪一天要引爆都不知道。

我還曾做夢，被他們在教室打鬥的夢中畫面嚇出一身冷汗，驚醒。

過動兒、自閉兒的世界是我無法理解的謎，我不想探知也不想去親近，只希望這些人遠離我的畫室。我像一隻把頭埋進沙堆裡的鴕鳥，不想面對全然的世界，我希望我的世界只有「正常」的人們，沒有「不正常」的人們。

但什麼是正常什麼是不正常呢？

我也充滿疑惑的。正常與不正常之間都是自己界定出來的吧。

3

「我們漢翔不是自閉症，醫師說他不到這個地步，只是和人的距離拿捏不好，有一點小問題，所以每週三還是會去醫院看門診。」當漢翔剛來教室上課一個月時，我跟他媽媽講起他在教室的一些狀況，他的母親趕緊回答。

似乎很怕被貼上自閉兒的標籤。

唉，其實我不在意什麼自閉症，只要他在課堂上好好畫畫，不干擾同學就好，不是有許多自閉兒都很安靜不喜歡講話的嗎。但是漢翔老是會重複我的話，干擾我的解說，不然就是大力的挖廣告顏料，把位子四周用的亂七八糟，我總是得收拾善後，不然就是畫到一半會繞著桌子跑圈圈，跑的時候還會露出極喜悅的表情，甚至還會哼歌，勸也勸不聽好困擾。

我好希望他不要出現在我的畫室，但有時看他很用心畫畫的樣子又覺得很可愛。只好就這樣教著教著了，有一點點無奈也有一點點微喜，交雜。

為人師的辛苦我好明白，此刻才知孔子有教無類的偉大。

記得他第一次來上課時我們正在畫的主題是豹，但是他畫的豹身上的點好大顆，還有的拉成長線了，同學看到他的圖都問他是在畫老虎嗎？

幾個小朋友圍觀在他的旁邊，其實也沒有取笑的意思，但是他就湧淚起來。為了化解他的難過我還編了一個「豹虎」的故事，還特別跟小朋友說要畫老虎的也可以，沒有一定要畫豹，才終於讓小朋友們回到自己的座位，他也才收拾了淚水。

我也找了臺灣特有生物「石虎」的圖片給他看，說石虎雖名為虎，但斑點也很像他畫的大顆粒點的，還稍稍做

了介紹。沒想到他下次上課時，就把石虎的資料記得滾瓜爛熟的跟我分享，真的很驚人。

「你怎麼知道這麼多石虎的資訊啊，你看得懂這些解說字嗎？你才一年級而已耶。」我驚訝的。

「我回去跟爸爸說今天我們美術課畫石虎，老師有介紹一些，他就上網找資料給我看，我還知道大部份的石虎都住在苗栗山區，有小部份在南投。好可惜我們彰化沒有。」他講得好順，跟平常有點口吃會重複字句的樣態差好多。

「所以你很喜歡石虎？」

「喜歡，老虎也喜歡。」

我剛好在找其它同學的作品，在以前的資料剪貼簿裡看到我們好幾年前畫的虎爺照片，就隨口說：「我們彰化沒石虎，不過有很多虎爺哩，應該可以來排一堂畫虎爺的課程。」

「虎爺，是老虎的爺爺嗎？那就是很老很老的老虎囉。」漢翔說。

「老老虎。」在旁邊聽的同學接著說。

「老虎老公公。」

我聽完噗哧大笑起來，小朋友的聯想真有趣。

我就把之前因畫畫課所做的虎爺投影片跟他們介紹分享，其中有好多我自己去走訪縣內廟宇拍的虎爺照片，其中在明聖廟的最為經典。一般的虎爺都是置於桌子底下，

但這廟的虎爺完全擺脫了虎身，化成了人形，雙手還持桃花刀和柳木幫人消災解厄。因為那次剛好遇到虎爺生日，還有了一番精心的衣著打扮，加上前面滿滿的祭拜物品，看起來就非常熱鬧。

那也是我第一次看到虎爺生日的盛會，才知道虎爺喜歡炸雞、可樂、糖果……還有人拿整桶的肯德基炸雞來祭拜，跟五彩繽紛的糖果擺一桌，就是充滿了歡樂感。而其他的廟的虎爺大都都有可愛的小虎牙；有些威武又有點可愛是很讓人喜愛的神祈。

聽完我介紹的小朋友們紛紛吵著說，可不可以下週原本排定的課先調動一下，先來畫「虎爺」。我看大家這麼有興趣，漢翔也充滿熱切之眼看著我，我說：「好吧，我們這一班就先來畫虎爺，來看看大家的虎爺會怎麼呈現。」

隔週的這班創意美術班低年級小朋友，真的都發揮了極大的想像，也把我講述的虎爺的特色都畫了出來，有人畫的紅披風飄動的好動感，有人著重在祭壇前的點心、炸雞，把自己心裡的投射畫了出來。有人畫了張著大大嘴的虎爺，表情超生動，還有可愛的虎牙和瞇瞇眼，在威武中多了一分可愛，看了都好喜歡。

漢翔則畫了超級大的眼睛，貼在白板上分享時超吸睛，旁邊他還畫了一個小小的人拿了拐杖。我問他這是什

麼，他說是土地公，因我介紹時說虎爺原本是城隍爺或土地公的坐騎，他說土地公下來了在旁邊休息。

這樣大小不拘、不必符合常理透視，充滿奇趣童心的圖真令人喜愛，深得我心。

但那也是漢翔畫得比較好、比較有特色的圖，後來的一些主題，他如果沒興趣或當天沒睡好午覺，就畫得超簡單；完成度很低。看起來像幼稚園小朋友畫的圖一樣。

有時遇到畫水彩的單元，他也處理的很糟糕。雖然教過他挖廣告顏料的方法無數次了，他永遠一支筆大力的往下挖，只要一沒注意他；去看一下其他同學的畫，他就把位子弄得亂七八糟，常常原本構得還不錯的圖，馬上毀了。

真的很令我頭痛啊。

所以他一說卡到英文課要停學畫畫這才藝課時，我真的竊喜異常。

我是很壞的老師吧，我承認。

現在同意他下午來教室上課，我的胃又隱隱悶痛起來。

像我這樣的老師是奇怪的吧。答應之後又充滿了懊悔。

算了，總之人生就是修鍊場，這只是微小的一小部份。

就學習吧。

4

　當漢翔拿著早上他媽媽傳給我的那張南瑤宮寫生圖出現在教室時，看著這張單調悽慘感的畫作，我也覺得傻眼。不是已經學了快要兩年的美術了嗎？平常不是也有畫到很具完成感的圖了嗎？怎麼會出現這樣「驚死人」的畫作，還要拿出去比賽。以我以前當評審的經驗，這種圖評審是連看都不會看，就直接刷掉，放到淘汰的那堆的。

　「漢翔，好久不見你了，還好嗎？媽媽要你來再重畫一張南瑤宮對不對。」我雖然心裡有點憂鬱、不太開心，但是還是可以說出令人感受溫暖親切的話語，真的服了自己。多年的訓練下來，我再怎麼不喜歡某個小朋友，都可以說出令對方感覺聽來舒服愉悅的話語。

　真的是職業病得很嚴重。在某一個行業資深了，都會變這樣嗎？還有只有我這種獅子座的人才這樣。我大概有多重人格了。

　「媽媽說媽……媽媽要重畫，不是媽媽重畫，是媽媽……」漢翔又緊張的口吃了。

　我心裡竊笑著，心想，媽媽才不想畫哩。

　「慢慢講，是媽媽要你重畫一張南瑤宮對不對。我已經知道了。但是為什麼一定要畫南瑤宮呢？南瑤宮很難耶，可以畫別的嗎？」

「這個是暑假的功課，老師說要畫跟彰化有關的，最好是跟家人一起去的。如果畫的好的人可以送出去比賽，不是送人去比賽……」他又開始口吃。「是，是把圖送去比賽。」

「好好，我了解了，先不管比賽，就是暑假功課就對了，那，媽媽還有帶你去其他什麼地方玩嗎？我們來畫別的地方好不好，南瑤宮很難畫耶，雖然它是古蹟畫的好容易得獎，但對你來說實在太難了，結構太複雜。」我對他說完就轉身去指導其他同學畫作，跟助教交代一些事情，我知道思考緩慢的漢翔一定不會馬上回答我。

但是我繞了教室一圈回來再問他一次，他還是張著沒有焦距的眼神愣愣地看著我，似乎不明白我熱切希望他改畫別的地景的心聲。心裡嘀咕著，就連鐵路扇形車庫都比這裡好畫啊！

接續問了幾次，漢翔終於開口說話了：「媽媽說要畫南瑤宮。」

「好吧好吧。」我用平板找了圖片來參考，先幫他用鉛筆打上一點點南瑤宮的屋頂輪廓。主要是要讓他知道大小位置，才把筆交給他請他自己畫。

不過他畫出來的圖還是像他媽媽之前傳來的圖一樣，慘不忍睹。

南瑤宮前廟就像用幾根柱子撐起來的平臺一樣，後面廟宇的屋頂就像帳篷一樣，他還畫了自己和媽媽，都是用火柴人的筆法。

天哪，之前學的都通通還給我了嗎，怎麼會畫的如此像幼稚園小朋友的作品呢？來學畫的那段記憶完全空白了嗎？我試圖幫他多畫了一些磚牆的示範，希望他可以照此方法繼續畫讓畫面豐富一些。

　　一開始，線條拉得還可以，我就指導其他小朋友的圖去了，再回來看又是歪扭不堪，淒淒慘慘，我只好請助教幫他。好不容易有個南瑤宮的雛型了，助教也覺得他應該可以了，就把廣告顏料交給他，去幫忙別的小朋友了。

　　我也接了一通市內電話，是來詢問暑期課程的，講得有點久，都忘了看漢翔。是有小朋友跑來拉我的圍裙，示意要我看他一下，才知道不妙了。

　　這位坐漢翔對面的同學畫作，被噴得都是墨綠色水彩，一看才知道是漢翔正在畫南瑤宮的屋頂。他不但把別人要交的學校功課弄得慘兮兮，自己本來構得還可以看的圖也全被厚塗的廣告顏料淹成一片綠色海，前功盡棄，而且把位子旁邊弄得一團糟。

　　我終於按耐不住氣焰瓦罐的暴衝，一股腦地罵開了。平常好脾氣溫和的我，這樣的舉動都嚇壞了小朋友，每個小朋友都用驚懼的眼神看著我，然後安靜的低頭畫畫沒人敢吭聲。

　　「早知道就不要讓你回來畫了，真是的，再怎麼畫也是一樣醜、一樣糟糕，沒有一次沒狀況的。看桌字和地板一團亂的，你自己擦吧。沒救了！還把別人的圖搞砸了。」

我竟說出「醜」這樣的字眼，這樣會多傷小朋友的心啊，但我實在氣炸了，沒法壓抑這氣焰瓦罐從心底往口腔的噴發。

可能是我罵得太大聲了，漢翔的淚水竟瞬間湧流，哇哇大哭了起來。

我也不想安慰他，只是收拾著桌上的殘局，請助教幫我教一下其他同學，然後把漢翔帶到沙發那邊的角落。

感覺時鐘分針的推移特別地慢，五分鐘像是過了半小時般的長久。

我懷著懊惱的心，我知道再怎麼樣也不可以說小朋友的畫作很醜，我是錯的，但我依然不想跟漢翔道歉或安慰。但他的哭泣似乎也不想停，只是從大哭變成啜泣。

我只好打電話請他母親來帶他回去。

「不好意思，週六實在太多小朋友了，他又出了點狀況根本沒法畫，下週我再私下跟妳約時間，讓他來畫畫。實在抱歉，我剛剛說話很大聲，可能嚇到你們漢翔了。」我抱歉著。

「老師，沒關係的，是我們翔給妳添麻煩了。妳先忙，看怎麼樣再用 LINE 聯繫了。」漢翔媽媽說。

然後，一整天的課我都處在情緒憂鬱的境地裡。

週六的美術課，果然是戰場，也是修練道場。

絕對是的，現在已應證。還是說是地獄般的魔考呢，我達不到進階可出關的境界。

漢翔是來磨練我的導師吧。

他不是自閉症，究竟是什麼「症」，會如此磨人啊。

5

終於捱到週六的四節課通通結束，身心俱疲。

但因今天跟漢翔說狠話的難過心緒還在，心裡有很大的愧疚感，我決定要去福山宮拜拜。每次遇到難解的疑惑或壞情緒，只要來跟廟裡的諸神爺傾訴報告，心裡就會舒坦些，許多事情會豁然開朗的紓解。

這是一間我從高中就跟媽媽來過；一直覺得很靈驗的廟宇，從那時候拜到現在，充滿了無比親切感的廟宇，一踏進廟門就會讓我覺得很舒坦愉悅的地方。

今天一來到此更覺得不一樣，整個空間充滿了香氣，好好聞，好像剛舉辦過法會似的。一整天不愉快心緒、懊惱之氣通通退散。其實來廟裡走走就是有這樣的效力，有時並無所求但就是覺得平靜。

我像往昔一樣，點香，向神明訴說近日心情，其實神明並沒有應允或回答任何話語，但只要點一炷香、跪坐拜墊把心裡的感受講述，好像自己就自然整理一番，所以我認為這廟宇神祇就是我無聲的心理醫生。在祂跟前，一跪坐、一禱唸，煩惱都會化成煙散，起身時就有無比的力量。

拜完各主神，往兩側的神明座向續拜，土地公給我無比親切之感。一來到黑虎將軍的區域，發現好多鮮花，原

來上週是虎爺生日有許多花束都還續放在一旁。虎爺虎虎生風威武地看著我，但牙齒又外凸向兔寶寶這麼可愛，讓我想起漢翔剛來學畫時畫的那尊可愛虎爺，畫得很生動可愛啊。

　　突然想，為什麼非畫南瑤宮不可，畫虎爺是漢翔擅長的啊。

　　沒有想太多，我馬上連絡漢翔媽媽，問她明天有沒有空，可不可以帶漢翔一起來福山宮畫虎爺。我想讓他實地寫生，感受廟宇真實虎爺的樣貌，而不是像之前是看我拍的照片來參考。

　　漢翔媽媽聽到我的電話和意見後，也同意我明天就來廟裡畫畫，不堅持一定要畫南瑤宮。

　　「老師說，盡量畫彰化比較有名的地景或古蹟我才想說帶他去南瑤宮，不知道實在超過他的能力太多了。他喜歡老虎，喜歡石虎，喜歡虎爺，反正只要是虎都好啦，我們明天就約去畫虎爺囉。」漢翔的媽媽語氣非常開心。

　　我也終於把今天對漢翔說出狠話的愧疚感給放下。

　　隔天，寫生的一開始不太順利。

　　因為漢翔對廟埕空間充滿興趣，到處拉著他的媽媽東看西看，一會兒又被花的香氣誘發過敏，噴嚏打個不停。好不容易終於坐到虎爺側前方開始畫畫了，又被祭拜的

三三兩兩人潮所干擾。後來打好稿後，移師到一旁廟方人員座位的後方上色，才終於可以專心。

　　「老師，這尊虎爺比較兇耶。其實也沒有啦，牙齒很像兔寶寶。」

　　「嗯，跟你之前畫的可愛版虎爺都是虎牙的不太一樣，眉頭皺在一起比較有威武之感，但又很可愛，我很喜歡祂身體的弧線，你看配上這短紅巾，古樸的木紋身軀就亮了起來。」我說。

　　「那我該怎麼畫呢？」

　　「你今天想怎麼畫就這麼畫，都可以，上面彩帶上的字不要寫也可以。只是你比較不會用水彩，就盡量用蠟筆上色，老師現在也有在畫速寫想去畫外面的廟宇外觀，你就和媽媽在這邊畫可以嗎？」我把速寫的袋子拿出來。

　　漢翔媽媽跟我比了個 OK 的手勢，示意我可以離開。

　　當我速寫完成回到漢翔座位邊，看到的是一張極精彩的畫作。漢翔不但把虎爺畫的很細膩精緻連旁邊的花束，插香、甚至還有剛剛來拜拜的人都畫出來了。只是用不按照大小比例的方式，以虎爺為中心，畫的最大但也最仔細，旁邊的物件都以他直觀的方式來表達，既使很小卻也構成構圖裡繽紛的趣味感，好極了。

「老師，他畫這樣可以嗎？我都讓他自己發揮，想畫什麼就畫什麼。剛剛廟公還跟他講了好多虎爺的相關故事，我也聽得津津有味哩。」漢翔媽媽說。

「超級棒的，平常我們都給建議或干涉太多了，讓他自己發揮就可以畫的很棒。」我拿著畫作超驚喜的，用手機拍下。

「大概是漢翔對畫虎有興趣吧，有興趣的主題他才能靜下心畫，妳看，他後面還用鉛筆畫了一隻石虎，說是老師妳以前教他的。」

「哈，記憶力真好，畫的很讚啊。以後應該來畫一隻石虎虎爺公，保證獨一無二啊。黃虎虎爺和黑虎虎爺之外的石虎虎爺。」

離開廟宇前我們在虎爺神尊前合照，心裡無限感激的，昨天的壞心情通通煙消雲散了。

6

開學不久後，漢翔的媽媽傳來訊息跟我說，他畫虎爺的畫作得到校內比賽第一名了，學校還說要送他的圖出去參加彰化的美展比賽。

「真的很謝謝老師，他受到激勵最近一直在畫虎。」漢翔媽媽傳了她拍漢翔的各式鉛筆畫虎圖，接續又傳來十幾個感謝的貼圖，有靜態的有動態的，還有說日語阿里阿多的。真是可愛的媽媽。

我心裡浮上的是，應該要感謝虎爺，還有感謝我最熟悉的福山宮啊。

　　想到漢翔一直在畫虎，我也靈機一動想來創作一組虎爺貼圖，就以我最熟悉的福山宮虎爺公做版型來發想吧。

　　創作的魂已被激起，充滿歡喜。

　　鎮日埋首於教學忙碌不已的我，再度拾起創作的筆真的很開心啊。

　　隔了一陣子我收到 LINE 貼圖的通知，原來我創作設計的小虎爺公貼圖已經通過審核上線可購買了，真的無比無比歡喜，自己就趕快購買下載也通知親朋好友，也趕緊傳給漢翔的媽媽說這個好消息，還傳了大大的小虎爺謝謝貼圖給她。

　　「特別感謝你們家漢翔，沒有他的話就不可能有這組貼圖的誕生。」我寫給他媽媽這文句。

　　「老師，您客氣了，您本來就很有才華，設計出這樣的作品是自己的能力辦到的。我們家漢翔給您添好多麻煩啊，真的不好意思。他說想回去老師那邊畫畫可以嗎？」

　　我傳了個沒問題的貼圖給他。

　　「然後我還要跟妳說一個天大的好消息，漢翔那張虎爺得到美展佳作了，真的太不可思議了，我沒想到漢翔這樣的人會有這樣的好運，竟然會得獎。而且可以碰到妳這樣的老師，真的很感謝。」

「哇,太讚太讚了,狂賀。」我認不住直接打電話過去跟他道賀。

「老師,我老實跟您說我們家漢翔其實是自閉症小孩,之前我都一直掩藏他不是,只是不想讓他被貼標籤,希望外人可以用平常心對待他。不好意思,我說謊了。」

「沒關係啦,自閉症也沒什麼大不了的啦。」

「我怕別人會認為他是不正常的孩子。」

「也許從他的角度來看,我們才是不正常啊。都無彷啦,彼此互相尊重學習吧。至少在『畫虎』這方面,他算是我的老師哩。」我說。

「老師您言重了,您永遠是他畫畫的啟蒙老師,他永遠感謝您。」

「互相感謝囉。」

掛上電話,看著手機裡的虎爺貼圖,心裡歡喜滿滿,人生都是修練場,我想我已晉級一大步,往更開拓的道路前行了——

畫完虎爺貼圖的我也想重拾油畫的筆再創作了,趕忙把學生時代的油畫器材通通翻找出來。也許可以來把我們彰化有名的虎爺都用油畫作品記錄下來。畫虎畫虎,感謝漢翔這修練導師啊。

敗犬尋獅

午後，日光烈焰，雲朵的立體感像雕琢過的重金屬質感，鑲嵌在蔚藍的天空畫布上，體感溫度高達三十五，物體的邊界都有種要蒸騰起來的模糊感，尤其柏油道路更是。我騎著摩托車往瓊林老聚落奔去，在村子外邊道路遊晃。才停下來買飲料，順便和老闆詢問有沒有看到愛犬賓果的蹤影，停留了十多分鐘再度跨上機車。媽的！怎麼這麼燙！我在心裡罵起來。這日光可真毒辣，這麼短的時間已讓黑色坐墊吸熱飽足，都會燙屁股了。

我挪移了一下屁股，繼續上路。

會在這種會中暑的天氣出來遊晃不是我腦筋壞掉，只是外甥前兩天用 Line 跟我說，好像在瓊林有看到賓果跑過去的蹤影，但因有點距離也不能很確定是不是賓果。「有點像就是了，右耳有一塊棕斑的白狗，很像。」

就是因為這個牽引，我來到瓊林梭巡，連田邊的小徑都晃繞進去查看了，除了幾隻老黃牛的蹤影外，什麼狗影子也沒看到。金門的狗真得很少，跟我以前居住的三重比起來，這裡的犬隻口數真的少之又少，也看不到什麼流浪犬。

　　繞了幾圈，我實在忍受不了這野地的高溫了，決定繞回村子口那風獅爺的樹下休憩，也許再到村裡走走找找吧。

　　當我來到這著名的瓊林風獅爺地標旁時，發覺今天的遊客不太一樣，不是像平常所見到的一直跟風獅爺的雕像拍照，反而是圍在一位寫生者的旁邊猛拍猛按快門的，我也過去湊熱鬧加入圍觀的行列。

　　「畫得好讚吶！」「你都到處寫生嗎？」「好厲害啊，比實景還好看耶。」「這個風獅爺的表情好可愛，我喜歡。」「這個調色盤怎麼這麼迷你可愛，這是什麼水彩啊？」「可以讓我們看一下你其它的畫作嗎？」一群觀光客的圍觀者不斷發出問句，這位寫生者很有耐性的邊畫邊解答，完全沒有寫生一直被干擾的不耐，可能他已經習慣了吧。

　　他把畫本往前翻，一張張美麗典雅又充滿流暢感線條的金門風景速寫躍進眼瞳，海印寺、山后民俗文化村、慈湖、陳景蘭洋樓、得月樓、西園鹽場文化館、文臺寶塔……還有一些普通的小民宅，應該有十來張吧。

「哇，你去畫了好多地方啊，都好好看，我覺得比實景還要美，不介意讓我再看一下嗎？」我終於忍不住把心裡讚嘆的音聲顯現。

「可以啊，都是這幾天畫的。」

「實在太漂亮了，我都不知道我們金門有這麼美。哇哇哇，好想翻拍喔。可以嗎，這要求會不會太過份了，但是實在太漂亮了，好想放到自己的手機裡。」自己講得都有點不好意思起來。

「沒關係啊，翻拍 OK 的，本來我畫圖就是要跟人分享的，反正我也都會放到我畫畫的粉絲頁，都是公開的。妳如果有興趣可以加我臉書，哪，這是我放圖的臉書粉絲頁。」他把手機移往我這邊。

「我叫敗犬，那我就加你囉。葉思圖是你本名嗎？還是因為很愛畫畫才取了思圖的藝名。」

「是本名喔，不過妳叫敗犬比較有趣。」他在手機上按了我臉書加友的邀請。「怎麼會叫敗犬啊，是因為以前的敗犬女王那齣戲嗎？」

「唉啊，這不重要啦，看你畫的美圖比較重要啦。」

我和其他圍觀者一樣，都對他畫的金門速寫充滿無比的興趣，從來不知道透過彩筆所呈現的樣貌是如此精彩，我覺得比攝影還要動人。一片斑駁的磚牆，透過水彩的層層疊疊竟顯影出雅樸又好看的多層次磚色，把古老陳舊染上繽紛耐看的色澤。連平凡無奇的民宅，也只因旁邊的電

線杆高低韻律線條的牽引和前方幾抹鮮艷色彩的植栽，就有了吸睛的構圖。

連我習以為常常見的風獅爺，也在不太精準又有點歪扭的線條勾邊中，顯露出古錐又可愛的氣質，真叫人喜歡。

跟我一起圍觀的遊客，已慢慢離去，趕往下一個旅遊目的地，但我還是愛不釋手的一遍又一遍的翻看著這本速寫本。

「金門在你筆下真的太美了，啊，不好意思看太久了，害你都不能上色。來，你繼續畫，我可以在旁邊看嗎？」

「沒問題啊。」

我像個崇拜偶像的小女孩般，在這位寫生者側身四十五度的後背約五十公分的距離中，仔細觀察著他作畫的步驟，實在難以想像就這麼輕盈的運筆中，調色、疊色、吸水、擦拭、暈染……混搭一下，一隻充滿立體感的生動風獅爺就從白紙上顯影出來，風獅爺紅色的披風因運筆的中斷和空隙空白而有了種飄動的動感。

好有味道喔，這叫速寫嗎，通常一張圖要畫多久啊？你是科班的嗎，還是興趣自學的呢？你畫速寫多久了呢？你是專程來金門寫生的嗎？第一次來金門嗎？是順便來辦事情還是專程來寫生呢？我的問句一句又一句不斷，也不管眼前這位叫思圖的人只是萍水相逢的旅人。我想我是被

這些充滿生命力的圖繪所牽引出無懼的真誠吧，每一個問句都是發自內心的渴盼了知。

　　他也在邊畫邊聊中把我的疑惑解答。他是利用出差的機會多留幾天專程來旅行寫生的。之前雖也有來過金門玩，但那是公司旅遊的趕行程式遊覽，去了很多地方但有點蜻蜓點水式的遊程，沒有留下太深刻的印象。這次單獨的寫生旅行，租摩托車自由自在的旅繪，有興趣的地方就停久一點，不想畫圖的時候就用手機多作紀錄，甚至寫寫文字記錄當下心情，反而對每個造訪的地點有了更深刻的情感。他說，光在水頭部落就可晃一整天了，也畫了最多張圖。

　　他不是科班出身的美術系人，而是一點都和藝術沾不上邊的電機工程師，在南科工作，只是因為從小就頗喜歡看畫，現在工作穩定了但又覺得生活太緊繃需要紓壓，才找時間再去學畫的。本來一開始接觸的是油畫，但都畫一些靜物太拘謹了，要紓壓反而更有壓力了。後來接觸到水彩速寫馬上就被這透明水彩薄透輕盈的質地，和快速可乾的畫材特性所吸引，越畫越有興趣。本來是在教室裡學習，後來越練越有膽識就愛上出來寫生的旅繪了。

　　「好羨慕你啊，邊旅行邊畫畫實在太讚了。」我說。

　　「妳也可以啊！其實每個人都會畫畫啦，只是要一些對畫材的認識和技巧的學習，有很多人也都是自學而已，

也都很厲害。可以的。只要想，去行動，去做，妳也可以畫，不用羨慕我的。」

「你真善良，真會鼓勵人。但是一開始是要畫什麼啊？」

「就畫妳熟悉，妳愛的金門啊！」

「我愛的金門？」我跟著他複誦了這句，感覺大大的疑問起來。

「我看妳看我畫的金門這麼投入和喜歡，我想妳對自己的家鄉一定很有感情，畫起來會特別上手，不然就從各個風獅爺畫起好了，我只有畫這尊瓊林風獅，妳應該知道更多地方座落的風獅爺，把祂們畫起來一定很有特色。」

思圖說的好認真，我也被他的話語騷動了心弦，跟他借了一張畫壞的試紙，塗抹起記憶中下蘭那尊古樸的風獅爺。

「走走，你還有時間吧，這邊村子裡還有尊坎在牆壁裡的小風獅爺，我帶你去巡探一下。」

「好好，等我收收。」

當我們走進蔡家祠堂後邊巷落，看到這尊牆角邊的小風獅爺時，午後烈艷的日光把獅身照出強烈對比的立體感，明晰好看，我第一次感覺到風獅爺在樸拙可愛之外還有那麼點神性的莊嚴。

「跟你說，我本來是出來尋犬的，現在反倒成尋獅了。謝謝你讓我發現我家鄉的美，看來我要好好來發現金

門的美了。」我拼命拍小風獅爺的臉部光影，發覺連旁邊牆色的漆色也樸拙的很美。

「金門本來就很美了，妳都沒發現嗎？我覺得金門的巷落美、建築美，人文風情很有特色，就連大自然的生態風光都很美，我打算冬天再來畫冬候鳥，到時候再來找妳。」

「唉，我是懷著非心甘情願的心情被逼著回到這裡的，根本就不喜歡金門，以後有機會再跟你聊。來，你先教我怎麼簡單的畫風獅爺的外型吧。」

一場午後的寫生邂逅，開啟了我對家鄉不同的認知好感，也許我該卸下先前對被逼回家鄉的不佳心緒，用更正面的態度和視角來觀看我生活的這片土地吧。為何在別人眼中，金門是如此美好，我卻強烈的抗拒它、討厭它，從不去發現它獨特的豐美。

也許，我真的該轉個念頭。好好來發現這片曾滋養我年少歲月的土地。

2
關於再回到金門定居，我是被逼迫的，所以有一種抗拒融入這裡的叛逆心情吧。

十八歲前我一直住在金門，像很多到臺灣讀大學的年輕人一樣，一去就不想回來了。我們被臺灣大島的方便和豐富給豢養出想要蝸居一生的渴望，回鄉只成了每年三節

的例行公事。尤其我所居住的臺北邊緣三重，什麼都有都方便，租金也沒臺北這麼高昂，生活起來挺愜意的。

在臺灣大島有百貨公司，二十四小時的書店、大賣場、半夜也有得吃的清粥小菜、到處都有提款機的便利商店。金門什麼也沒，想逛個書店吸收一下當今的新知也難。捷運、公車、計程車……四通八達愛去哪就去哪，回到金門我就無聊的發慌，只能找親友聊天，或以前的兒時玩伴敘舊，但在他們多半成為人妻、人父或人母之後，我就發現我們的話題漸行漸遠，也越來越找不到共鳴點，久了也就不喜與之聯絡了。

就這因由我也就更少回金門了。

金門像心海地圖上一塊被遺忘的小島；一處不被重視的邊疆領地，慢慢在記憶裡塗抹上模糊朦朧的氤氳。只有在別人發現妳口音有點不太一樣，猜測妳是不是金門人的當下，才會再次提醒是不是該回去故鄉探看一下了。金門已成不被妳重視的座標，除了回鄉偶而帶回一點土產、貢糖，被人們稱讚好吃輕淺會心一笑時覺得當金門人很榮耀外，妳越來越發現不了故鄉的重要性。

但是，妳在大島上也沒發展的多好。妳以為便利豐富的資源、可以是多元發展的跳板，但可惜的完全沒有發揮功效。便利豐富帶來的物質吸引力，讓妳成為人們口中的月光族，每個月的月底都在吐司與泡麵的苦撐中度過。想找個男人依靠，可以把物質的依託放在別人身上的願景，

也完全沒有實現，還替幾位前男友背了債，以卡養卡陷進黑暗的循環裡。不但沒有嫁出去還落得「敗犬」的綽號。才在父親聖旨式的法條：「四十歲還沒嫁出去就得搬回來金門定居」的最後通牒中，打包回鄉。這不是敗犬，是什麼呢！

每每想到這裡，我就像一隻垂頭喪氣的敗犬，不，應該說得更嚴重點應是「敗獅」，完全沒有了下一場狩獵生存的戰鬥力。

尤其還在愛犬賓果走失後的寂寥時光，我在金門的日子陷入了憂鬱的極致，這三個月來我都像行屍走肉般。如何能在這生活的憂鬱海洋裡再抓到一點夢想的浮木，我是一點把握都沒有的。

終日埋怨成了我的強項。

「素凌啊，妳到底什麼時候才要去找工作啊？」母親總是樣問我。「難不成妳想當啃老族啊，找個工作有這麼難嗎？現在金門的觀光這麼發達，很多販售商品的地方都在徵人，妳怎麼不去應徵看看。」

其實，我都以去尋找走失的賓狗為藉口，也到處找工作。但許多工作商家都選用了二十多歲的年輕人，像我這樣已「高齡」四十的人對他們來說是一點職場魅力都沒有的。一次次應徵失利等後通知的無下文結果，只是造成我越來越不敢去應徵的恐懼。如果沒有要出去找賓狗的這藉

口，我看我可以當個足不出戶的宅女，終日過著茶來伸手飯來張口的日子了吧。

父母親從頻繁的叨唸到越來越不想管我的事，我好像逐漸隱形了般，人在金門，心卻在新北，想念的都是臺灣的美好啊。

想念的賓果，你到底在哪裡啊？你是躲藏在金門的某個角落，還是早就遭逢不測，離開上天堂去了呢？金門不大，為什麼這麼難尋呢？

3

「其實我跟妳一樣，都曾經很不喜歡自己的家鄉，但是現在年紀大了，到外地繞了一圈後才更珍視家鄉的美好。」這是思圖在臉書私訊給我的文句。

還好這是個有網路的時代，雖然身處在不太繁華的金門，我還是可藉由網路了知外頭的資訊，最少透過臉書我也交到了思圖這位好朋友，藉由他畫作的美圖，讓生活有了一點嚮往和期待。

他說自己小時候最討厭自己身為臺南人了，每次聽別人講起臺南就說你們的小吃好好吃，到處都是古蹟最棒了。但小時候的自己一點也感受不到臺南古都的好，覺得小吃都差不多、都很甜膩，古蹟陳舊的樣子一點也吸引不了他，只要聽到長輩說要帶外地的朋友去逛古蹟或老廟，他就嚇得躲得老遠，他希望早點離開這個古老的城市，後

來考上臺北的大學來到繁華的臺北城，畢業後又到美國洛杉磯留學後，他發現越來越懷念臺南，想念故鄉臺南的美食。

「都要經過比較的，在外頭晃了一圈後才徹底知道臺南的食物真的好吃，是別的城市所不能比的。悠閒的生活空間也很宜居，反而是回來的這幾年，藉由畫畫寫生更認識了自己的故鄉。我覺得臺南和金門有點像，老房子、古蹟都很多，文化的底蘊很深，妳現在回鄉定居了，沒有發現它美好的那一面嗎。」思圖跟我寫著，我們的對談多半在臉書的私訊。

「有啦，有啦。有受你一點影響，慢慢去發掘金門的好風光，也會深入去了解建築的背景文化。我有看到你登在金門日報的那篇陳景蘭洋樓的文章，你好厲害會畫還會寫。」

「是喔，登出來了，我來去網路連結看一下。對了，妳有金門日報的實體報嗎？我們這邊買不到。」

「我有，我再寄給你。」

「大感謝啊。雖然網路也可以看到文章連結，但想看看圖文印在一起的感覺是如何，真得很感謝妳願意幫我寄。」

「寄報紙很簡單啦，上次託你買水彩畫具畫本的才要大感謝。這種寶虹的水彩紙很會吸水，畫起來很不錯哩。」我寫完順便傳了很多可愛的貼圖過去。

「還不賴吧，我用得也很習慣。對了，妳的尋獅畫獅功課做得怎麼樣了。」

「有有有，都有持續在進行。我前天騎車到泗湖村特別去看這隻與眾不同的風獅爺。我傳給你看。」

「哇，真可愛，造型很奇趣，妳搭配文字記錄在旁邊的手札方式，感覺很棒耶。」

「嗯嗯，我之前看人家用圖文紀錄成手繪明信片的方式蠻好看的，就想說來學學，我的字有點醜，我是寫泗湖村位居海拔十至廿公尺，冬季的東北季風狂寒，為解風煞為患之苦，特於村郊供奉風獅爺鎮境護民。供奉在泗湖村三十六號民宅屋後斜坡的泥塑風獅爺，坐東南向西北，獅身高一百八十四公分，寬七十公分，深九十公分。哈，其實這些資料是畫完後上網查的啦。稍微有點冗長，但已經用簽字筆寫上去了沒法改了。」

「這個紀錄方式其實不錯，只是可以更精簡點，用妳的觀點做當下的記錄會更好喔。」

「啊，如果我也像你這麼會寫就好了。」

「我也沒多會寫啦，還在學就是了，妳用妳的手繪加簡短文的紀錄也超棒，我覺得妳越畫越進步了哩。妳看，光這個獅身的黃色調妳就疊了好幾層，用色很雅。」

「啊！被畫家稱讚真的好開心啊，跟你講喔我今天在那邊畫的時候還有幾位經過的村民圍觀哩。有點緊張，但

也有小小虛榮，好幾位都說我畫得很好。突然有點了解當時後一群人圍著看你畫瓊林風獅爺的那種心境了。」

「噢！有粉絲了耶，要不要也來成立個臉書粉絲頁。」

「粉絲頁，要放什麼啊？」

「放妳畫的金門風獅爺啊，我名稱幫妳想好了，就叫『敗犬尋獅』怎麼樣，很別緻吧。」

我傳過去接續不斷的笑臉符號和飆淚符號。

「我才剛畫水彩不到兩個月，你真的太看得起我了，我這種幼稚園級的功力有誰會要看啊。不過真得要謝謝你給我得這個尋找風獅爺的功課，讓我又有機會到許多聚落去，看到許多以前沒注意過的所在。」

「那妳的賓果還是沒有下落？」

「對啊，完全沒有音訊，我猜是被人家揀去養了吧。」

「那妳還要繼續找嗎？」

「會吧。就跟尋找風獅爺的紀錄和畫寫一起持續吧。這樣我也才有事做，不然在金門真的會悶得發慌啊。啊，我老媽在叫我了，我先離開了，再聊。」

「Bye．記得持續精進畫藝，期待妳的敗犬尋獅粉絲頁啊。」

「再說唄。」

4

　思圖給的敗犬尋獅建議，我雖然沒有真的去開設粉絲頁，但努力朝速寫繪畫之路邁進的學習喜悅，豐饒了我平淡的生活。想要好好畫在地的風景；重新認識生活的土地，成了近期的小夢想。

　不只在博客來訂了一些水彩相關的書，也從思圖的臉書上加了更多愛畫畫的朋友，也持續追蹤一些水彩藝術的粉絲專頁，遇到瓶頸就跟思圖或一些繪畫朋友討教。應該不是自我感覺良好的錯覺，我的水彩小品也慢慢畫出自己的樸拙特色。

　有一次思圖幫我所畫的安歧風獅爺畫作，放到專門介紹金門旅遊的粉絲頁上，突然獲得好多人的按讚和詢問，版主還私訊我說可否固定幫他們畫各地的風獅爺，或介紹一些風獅爺的歷史文化。

　「我這樣的圖可以嗎？我不是科班出身的。」

　「我們沒有要找科班美術人才啊，我們覺得妳的圖樸拙可愛有素人的味道，旁邊搭配一些文字的記錄也讓版面很生動有趣。不同於只是用照片的記錄方式，妳手繪的圖稿很吸引人哩。只是我們並沒有什麼固定稿費，可能只能送妳一些書或文創商品，對了可以贊助妳畫本、畫材什麼的。」版主還給我看了他們粉絲頁後臺的一些數據，我那篇手繪圖超過其它的發文受到更多人的關注。

「不用什麼稿費和贊助啦，有人願意欣賞我畫的圖我就很高興了。那我如果有新作品就私訊傳給你，你決定適不適合發文好了，這樣我就不會有壓力。」

「OK 就先這樣囉，期待妳的手繪風獅。」

既然都有人邀稿了我就更認真的探訪金門的風獅爺。不管是環保公園裡的各尊風獅，還是在老聚落裡的護村風獅爺，我都一一去造訪、去寫畫記錄。在上網查資料的當下，也對周遭村落的歷史有了更深的探索和了解。越挖掘歷史文化越覺得金門處處是寶，這麼多的建築風貌，閩南的、洋樓的還有獨具魅力的戰地建設，都是這塊土地非常與眾不同的地方，哪能不珍視呢。

之前思圖講過他對臺南的感情也是這樣。越了解自己所居住的城市，就覺得自己何其有幸，能住在這麼有文化底蘊的地方，這麼豐饒。

如今的我慢慢可以體會其意。現在的金門和我小時候受拘束感的金門不一樣了，它保留了很多古老的事物和傳統，卻也在跟世界接軌，接受外界嶄新的事物，所以會有這麼多人想來這裡觀光、想來這裡設籍。別人都把這裡當寶了，土生土長的自己怎能不更加珍惜來發揚光大這裡的美好呢。

所以我每篇交給粉絲頁的圖文都非常用心。

「敗犬，跟妳說個好消息。」金門粉絲頁的版主年輕人阿泰也都叫我敗犬，連我在版上發表的名稱也都用敗犬兩字，生活周遭叫我素凌的人越來越少了。

「什麼好消息，說來聽聽。」

「有文創團隊看重中妳的風獅爺，說要跟妳接洽，他們要做成明信片啦。一款十二張，會放在各個觀光據點銷售。他們要我先問妳有沒有意願，他們會主動打電話給妳喔。」阿泰後面還加說，印好的時候不要忘記留給我一套。

哇，突然其來的好消息。我迫不及待跟思圖分享，因為如果沒有那時在瓊林看思圖畫風獅爺的契機，我也不會走進畫水彩的世界，一路都是他引導的啊。

「思圖，我有好消息要跟你分享。」我在臉書的私訊裡打字。

幾秒鐘後他也回給我：「真巧，我也正有好消息跟妳分享。」

「那你先說。」

「上次跟妳提到的展覽我申請過了，確定明年的四月中要展出了。」

「是你之前提到那個美學館的展覽申請嗎？什麼在地……遠方，什麼的，我記不起來。是那個嗎？」

「對的，對的，就是那個，全名是『在地與遠方之間──葉思圖水彩速寫個展』。終於申請過了，我得為畫展再多準備些大圖。」

「你取這個名稱好特別是什麼意思呢？」

「在地就是表示我身處的臺南，畢竟我畫最多畫作的內容都是臺南，這裡對我來說最熟悉也最深入。遠方則是我到處寫生的集合，像金門我也畫不少啊，還有幾次出差到國外畫的旅行速寫也都包括。」

「所以也會有那張瓊林風獅囉？」

「應該吧，到時候得挑選一下。對了妳的好消息呢？找到賓果了嗎？」

「唉，不是耶，賓果還是沒有任何下落。」我把阿泰跟我說做明信片的事跟他分享。

「哇，真是太棒了，與有榮焉哩，是我催生妳畫風獅爺的對吧！太棒太棒了。」

「對啊，最最最感謝你了，所以要先跟你說，不過都還沒談啦，後續如何再跟你說。」

「嗯嗯，那我下個月到金門畫候鳥的行程妳也要帶我去看其他的風獅，我也要順便畫幾張。」

「沒問題的。」

「冬候鳥飛來了嗎？」

「很多啊，清晨、黃昏時我都看到好多賞鳥人士。不必候鳥。金門的留鳥本來就不少了。」

「太好了，要來計劃旅繪了。」

「提醒你，金門的冬天蠻冷的，多帶點衣服，防風衣之類的。」

「OK，確定日期再告之囉。」

5

有人一起「尋獅」的樂趣，比起一個人獨自探訪好玩多了。

我帶著思圖走遍大小村落去記錄、去畫風獅爺。冷冽的寒風雖然有時候會吹的人頭皮發麻、皮膚很刺痛。但可以一起分享和討論的感覺真的很棒。

大部分的風獅爺都是泥土褐黃色澤的，畫起來不顯眼，思圖說可加入一些周邊的襯景來增加他色彩的豐富性。像金歐厝風獅，思圖就把歐厝地區古老的民宅也都畫在一旁，用長條形的寬幅速寫本來顯現。西園的公母風獅爺本身有石頭細膩的質感，他就用有點毛邊棉絮的特殊紙材來呈現，效果非常好。北山的風獅爺和瓊林的一樣，都是單一色澤的淺石頭色，光影也不強，他就特別著重在脖子的紅色彩帶上，明豔的橘紅色彩一畫上、整個都生動起來了。

比起這些單純色調的風獅爺，有色彩塗繪的風獅爺當然比較好表現，像以藍色調為基礎的官裡風獅爺、中蘭風獅爺、夏墅風獅爺、會山寺風獅爺……思圖就提醒我不要把藍色調畫得太艷，太鮮濃的色彩雖然飽和感較有生氣，但很容易顯得俗艷，他說在臺南有許多老廟做修復時，上漆的顏色太濃艷了，結果就變成新廟一樣，一點都沒有

復古的感覺，味道全失。廟宇、神祈還是要有那麼點古味才好。

「全部畫完十二張風獅爺明信片，妳自己最喜歡哪一張呢？」思圖邊翻著我的速寫本邊問。

「真難選耶，有的我喜歡構圖的角度，有的喜歡色彩的搭配，有的則覺得旁邊文字搭得形式很好看，嗯……應該是這一張吧，下蘭的風獅爺這張。本身這獅型我就很喜歡了，祂的色彩也最淡雅。上次他們給我看打樣，我就最喜歡這張。」我翻著速寫本感覺每一張都像自己的寶貝一樣。

「我也很喜歡下蘭風獅爺，我也來學妳做成明信片在畫展的時候，可以當成文宣品送給來觀展的朋友。」

「咦，我想到了，你們安平不是也有劍獅嗎，那你應該畫劍獅明信片當邀請卡，這樣不是更有在地味嗎？」

「對耶，我怎麼沒想到我們的劍獅。」

「你畫展叫在地與遠方之間，那就劍獅和風獅爺兩種圖像都做成明信片或邀請卡吧？」

「好主意，就這麼決定了。還有我畫展時妳一定要來看展，我再帶妳去『尋獅』。」

「是說巡安平劍獅嗎？」

「還是很符合妳的敗犬尋獅主題，到時候妳的專屬粉絲頁一定要成立啦。」

「再說唄。走，收一收，我再帶你去尋最後一尊安歧風獅爺，一隻很綠很俗但像臺語俗諺說的『俗擱有力』，是一尊會讓你印象深刻的風獅爺。然後就畫候鳥去囉！」

　　「OK，GO ！」

　　真的很開心，是畫畫的彩筆，把我的生活暈染出美麗繁花。無心插柳畫的風獅爺，做成明信片後大受歡迎，不但在觀光區賣得不錯，連阿泰的金門粉絲頁也都有人私訊訂購，我也有能力回饋一點給阿泰他們，不然都是他們幫我處理接洽，讓我曝光的。阿泰跟思圖一樣都是我的貴人啊！

　　明信片發行後因為廣受歡迎，還有廠商要我授權圖像給他們做商品包裝還有月曆，還有一家賣金門名產和餐廳兼營的商店要跟我買原畫掛在他們店裡，真的讓我很意外。

　　所以我嚐試起把作品放大，也學思圖畫了一些建築和風景的圖畫。這比畫風獅爺難多了，但也更有挑戰。

　　為了畫出我心目中美好的金門樣貌，許多景點我去了又去，一天中不同的時間點畫下的色彩總會不同，像大白天和黃昏時刻的就絕然不同。像成功海灘，白天的景色畫起來很蔚藍很普通，可是如果夕陽或雲影很美的黃昏時刻就很不一樣，如果再遇到花蚵季節辦活動，很多遊客在沙灘上挖蚵的話，繽紛的服裝色彩就把沙灘裝點的無比熱鬧

多彩。同樣的地點會因時節、光影變化而有所不同，多次造訪也成了我捕抓美好構圖、色彩的必要。

　　不過並非所畫都那麼順利，許多複雜的景對我來說都是高難度，像模範街、浯江書院之類的。還有夜景也是，白日的總兵署比較普通，但夜晚打亮燈火的總兵署則充滿溫柔的神秘感，非常吸引我。但夜景真的不好畫，我也跟思圖討教過很多次，自己也試畫了多種方式和技法，都達不到自己滿意的境地。

　　「素凌啊，都幾點了妳還不睡覺啊。有需要這麼認真嗎？」牆上的鐘敲了兩聲，母親起來上廁所發現我還沒睡，開門進來問。

　　「要睡了，要睡了，這張畫完就要休息了。」

　　我也不知道繪畫竟有這樣的魔力，有時想處理好一張圖的拼勁真會叫人廢寢忘食，我在想如果過往的我有這麼努力認真就好了，應該也不會落到敗犬這個名號。唉，四十歲終於找到自己的興趣與所好，也算不晚吧。

　　而且藉由寫生畫畫，我才知道金門有許多迷人的植栽和生物，都是以前沒留意過的。像之前在水頭村看到的郁李花，繁花盛開燦爛的花影在春風裡搖曳著，美到致極，我還以為是大朵的梅花，後來問了那裏的當地人才知叫郁李，回來後上網搜尋郁李的相關資訊，就把這花朵的相關知識通通記下來了。覺得這種自然而然的學習和探知方式實在很不錯。

而且寫生也讓我打開了觀察之眼，變得更細膩了。

　　像以前看我們的縣花木棉，我是覺得它滿開時很漂亮，但都是看個表相而已，從來沒有去注意它真正的模樣，現在畫畫我才知道它枝椏生長的方式、它的花朵型式、花瓣的色澤，也去撫摸它樹皮的紋理質感，畫出來的枝幹也就有了粗糙的真實質感。

　　還有一次騎經往瓊林的木麻黃道路邊時，發現樹下的草叢邊有個橘黃的生物在晃動著。停車慢慢靠近，發現是一隻戴勝鳥在覓食，小時候雖然也有看過但都只是輕描晃過而已，這一次我就待在旁邊仔細觀察牠的樣貌姿態，那慧詰靈活的模樣深印我心啊。也了解怪不得這麼多人喜歡來金門賞鳥了。

　　寫生豐富了我對金門事物的廣度和深度。

　　對這片土地越關心了解，就越發覺得這裡有探索不完的豐饒。

　　「敗犬我收到妳寄來的手繪名信片了，不是印刷的喔，真有心耶。這一尊感覺蠻現代的，是像妳旁邊註記的金沙水庫旁的風獅爺嗎？」我正在用電腦，臉書的對話框跑出思圖打的文字。

　　「對啊，眼睛好大、表情很特別吧，因為畫了好多張用明信片水彩本的圖所以寄一張給你。」

　　「謝謝。金門的風獅爺會不會都被妳畫完了啊？」

「還沒啦，還很多隱藏版的，像一些壁畫的、馬賽克圖案鑲嵌的我就都沒畫，還有還有這個風獅爺郵筒，昨天拍的也還沒畫。」

　　「好鮮艷的風獅爺啊。這在哪？」

　　「山后民俗村那邊，全金門唯一的風獅爺郵筒哩，中華郵政設置的，很有特色吧。上次你來忘了帶你去，可惜。」

　　「看到這個我想到我們安平也有劍獅郵筒哩，要提醒我妳來安平時要帶妳去尋獅。」

　　「好好，期待的，畫展就快到了，會很忙嗎？」

　　「嗯，有點，還有些開幕時的餐會廠商要聯繫的，不過也還好啦，感覺蠻興奮的，有點夢想要成真的興奮，所以常常睡不著。妳呢？近況如何，還會很討厭待在金門嗎？」

　　「不會囉，畫畫和研究這裡的地景文化歷史成了我的生活重心，現在覺得回鄉定居也不錯，都要感謝你啊。」

　　「也沒啦，我只是引發了妳畫畫的興趣，一切也都是靠妳自己的。飛機票訂好了吧？」

　　「都好了，期待去看你的畫展囉，再帶我去尋獅啦。」

　　「嗯嗯，沒問題。我也期待有一天能去金門看妳的畫展。」

　　「哈，開什麼玩笑，怎麼可能啦，我怎麼可能開畫展。」

「一切都有可能的，祝福。」

一切都有可能的。

也許有一天我也能有自己的水彩速寫展。這夢想的芽植入了心田土地，期待它開展新綠的綠葉繁花。我已不是只會怨天尤人終日埋怨的青年了，我要用這片滋養我生活的金門土地來澆灌換取夢想的實現，人到中年，領悟了許多，此刻該是我夢想起飛的時程了。

6

到臺灣看完思圖的畫展回來後，我對做畫的積極度更增加了，也透過國小老師的介紹，和一位在地的水彩畫家再學習。也在思圖和阿泰的鼓勵下成立了敗犬尋獅的粉絲頁，把我之前所畫的金門風獅爺有系統的放置上去。

我不知道臉書的力量如此大，很快的時間我就有許多固定會來觀看我作品的粉絲，有的人還會幫我轉貼分享，透過他們的讚美留言，我就更有要進步的動力，持續不斷的作畫和分享相關的事物，後來不只畫風獅爺，連安平劍獅和一些金門風光也都不設限的分享，就是以速寫水彩為主軸的一個粉絲頁。

慢慢的，也有一些金門的物產業者找我去幫他們做手繪圖稿記錄，連出版社都找上我出相關的旅遊書，真的是太超乎我的預料了，好像什麼好事情都找上我了。

「感覺運氣太好了，有點不真實，會不會我現在都把好運用光了，之後都是噩運連連了。」我跟思圖說。

「不會的啦，妳這麼努力，一直在精進，老天爺有看到妳的用心，所以把多一點好運降給妳。別想太多，機會來臨了就要好好把握。」

「不過我沒有答應出版社啦，我怕自己文筆不夠好不敢答應。」

「這樣太可惜了，現在的旅遊書都走平易近人的風格，重點是要資訊，文筆倒沒那麼重要。」

「沒關係，等以後更有把握一點再寫寫看吧。現在的我覺得時間好像都不夠用般的，我浸淫在這片土地回饋給我的豐富裡。」

「後面這句文筆就超級好的，還這麼客氣。還會覺得在金門很悶很無聊嗎？」思圖再問我。

「當然不會囉，金門雖然不大但真要探索起來還真探索不完呢。對了，我要跟你說跟天大的好消息。」

「好消息，要開畫展了嗎？大恭喜，還是要出書了呢？」

「都不是啦，是我的愛犬賓果找到了！不可思議吧，都快走失一年了耶，我以為這輩子是再也看不到牠了說。」

思圖傳了好多灑花、恭喜的圖檔過來。

「找到了？在哪裡找到的，哇，大大的好消息。」

「是因為我之前把賓果的照片放到粉絲頁，也有寫了一些我為什麼會開始畫風獅爺的因由，就說是因為要找尋我的賓果才開始的。有人看到這則貼文，他說八個月前他在路邊撿的，雖然他也跟牠有感情了，但比起我跟賓果七年在臺灣相依為命的情感，他還是覺得應該讓賓果回到我身邊。」

　　「嗯，本來就該這樣。」

　　「他明天跟我約在金城車站那邊要帶回來還我了。」

　　「保險嗎？不是壞人吧。妳最好跟家人一起去。」

　　「嗯，會的。他有先傳照片給我看了，確定是賓果沒錯。阿泰也說要陪我去，還說要把這感人的賓果回歸敗犬身邊的歷史性一刻在粉絲頁上直播，很好笑吧。」

　　「那就好。賓果終於要回到妳身邊了，完美的結果。我會看直播的，哈・如果那時候有空的話。」

　　「對啊，當年如果不是為了要找尋牠，就不會遇到在瓊林畫風獅爺的你了，我也不會一頭栽進水彩的繽紛世界裡。」

　　「這麼說都要感謝賓果囉！」

　　「是啦，但更要感謝你啊。我會一路畫下去的，你要繼續指導我啊。」

　　「沒問題的，一起精進努力吧。別忘了妳開畫展時我要當致詞的嘉賓啊！」

　　「那是一定要的啦。」

此刻的我只有言說不盡的感謝，感謝賓果、感謝思圖、感謝阿泰……感謝金門這塊土地。這是涵養我的母土，以前有點厭棄它，在外面繞了一圈再回觀才發現它的好。開啟了接納的心，島嶼就會回饋你意想不到的豐美。

　　我把所有畫過的風獅爺圖像，一張張的都擺在地板上集合起來。哇，真的很壯觀，大大小小加一加算算都超過一百張了，更別說那些畫不好被我丟棄的，這一年多來的心血都藏進這些畫紙裡了。

　　從初期的歪扭構圖，單調如小學生般的平塗著色，漸漸會疊染暈畫、尋找特別的構圖視角，到輔以文字記錄、寫下風獅爺特色或當下心情，再到大一點的圖面大器揮灑的無束，我看到筆法運用從拙劣到慢慢有藝術感的呈現，真的很不容易啊。自己都被自己的毅力和恆心所感動了。我不是僥倖得到上天幸運的眷顧的，我也是自己一番努力過來的啊，我該給自己喝采。

　　不只畫風獅爺，我會繼續把這裡的美用畫筆彩繪出來的。金門這塊島嶼地圖，已是心海裡最重要的座標、永恆的愛戀之土。

　　我想，屬於我的畫展，會在不久的將來實現的。我要用故鄉之顏來做為我一生第一次畫展的主題。

　　夢想已在手中編結，喜悅的朝前方邁進，堅定的——

遺忘的火車站

1

日光烈焰，無風，天際亮得像馬諦斯畫作裡的澄透亮藍，乾淨，無瑕疵感，一絲薄雲也無芳蹤。把集集車站古色古香的木造身影，凸顯得更加明晰。日光也把建物的明暗顯影得特別立體。屋簷、窗櫺、花紋……屬於老車站的特色都在日光的照耀下顯現出亮麗迷人的光彩，雖然她知道這車站是在地震後重建的，但一樣有木造車站的古樸風。和之前傍晚或陰雨天來此時看到的車站更有不同的感覺。

不同的感覺，也來自於寫生吧。

此刻的英琪手中握著水彩筆在寫生簿裡畫上色彩，眼睛專注地觀察車站壁面的轉折和色彩，每一個轉角光影就會讓木頭有些微的色差，她得在調色上調出更多豐富的米

黃色調。淺灰、深藍、咖啡、赭色、米黃、土黃、淺灰……什麼色多一點就有了些微的變化，讓畫面多了層次和調子，她愛這樣迷人的過程。尤其這些暗色調和透亮的天空藍搭起來真是好看，還有站前的火車模型更是讓整體畫面都鮮活起來，美極了。

不管汗已汩汩地地從額前的髮梢滑下，她還是歡喜的坐在板凳上持續畫著，不想移動已被日頭照射到的左側身。

以前到過集集車站也有幾次，從來沒注意細看過車站的樣貌，總是匆匆從站口就出來了，也沒留意過車站外到底有什麼景色，因為學畫、因為寫生，才將自己觀察事物的眼給開啟了。

能夠來參加南投的老師所開設的寫生畫畫班是人生裡的一個美好轉彎，英琪是這樣認為的。

「哇，英琪妳這棵樹的色調好美啊，是用什麼色號畫的啦，好雅喔。太好看了。」畫友蕙蘭站在她的身後驚呼。

「有調一點好賓水彩 548 號，上次看到老師有在用，覺得很好看特別去買的。不好意思我接一下電話。」英琪聽電話的音樂旋律知道是大哥打來的，有種不安的預感。

「怎麼了，不畫了嗎？不是剩不多，應該很快就會畫完不是嗎？」蕙蘭問。

「不畫了，回去再補畫。我老哥打來說我媽煮綠豆又忘記關火，還跑出去，到現在也沒找到人，我得趕緊回去。」她邊說邊快速地收拾畫具，還趕緊拿手機拍一下車站的照片，以便回去作畫上色有所參考依據。

「妳媽情況越來越糟糕嗎？」

「真的，我怕有一天她會忘記我是她女兒了。真的很糟。我先走了，蕙蘭姐再幫我跟老師說一下。」

「快去快去，廚房有沒有燒起來啊，趕快回去妳。」

「鄰居有發現，衝進去幫忙關瓦斯了。還好，再見囉。」

開著車的她，心臟蹦蹦巨跳的節奏好似自己都能聽到，她揣想著不好的方向，母親會不會像上次又在街上迷路了，她知道怎麼走回家嗎？會不會在路上遇到不好的壞人，會不會太緊張亂走被車子撞到呢……所有不好的情況她都預想一遍了，抓方向盤的手都要微顫起來，左轉時還差點沒看到過斑馬線的路人僅差個幾秒鐘就要撞上。心神不寧的她腦際晃過母親開始出現癡呆症的過程。

一開始發現是母親老是問她吃飽了沒。她總答，我剛剛已經跟妳說過吃過了吃得很飽，妳幹嘛又問一遍。

起先她只以為母親是像以前有健忘的毛病，同一件事情總要叮絮個兩三次，後來發現頻率實在太高了，不僅相同的事情會問她好幾遍，有一次在看八點檔連續劇的中途

廣告時居然還轉頭問她：「英琪啊，妳怎麼每天都在這裡，妳不是應該在二水嗎？」

她好傻眼，愣了老半天答：「媽媽妳忘記我離婚了嗎、我已經離婚快半年了，我回來家裡住快半年了啊。二水的房子也賣掉了，阿忠都搬去新竹了。」

「喔，是這樣啊。」

「媽媽，妳知道阿忠是妳以前的女婿吧。」

「知道知道。喔，我知道。」

從那次的對話開始她就覺得不妙了，媽媽真的是得了老年癡呆症了吧。她想起上次高中同學會時青華講她媽媽有一次半夜還跑出去，在夜之大馬路上亂走亂走的，路人見狀詢問她地址要帶她回家，她連自己家的地址也說不出來、住哪裡也不知道，就是完全的空白狀態。青華分享她母親狀況時她就在擔心，母親也會走上這樣的道路嗎？老年痴呆症到底是怎麼形成的啊？遺忘是病症的通律嗎？

如果人生可以遺忘，英琪多希望自己可以有選擇性的遺忘，遺忘婚姻所帶來的苦痛、離婚過程的煎熬。雖然事情都過半年多了，但每一想起還是痛的。真希望自己可以像老年失智症的人把一些事情通通都忘卻了。關於在二水的五年時光，她希望可以像水過無痕般地消失。

但無法，遺忘沒有選擇權，老人失智症的患者自己也不知道她可以忘卻什麼、可以記得什麼？命運大神在主宰著這世間的一切吧。

她胡思亂想著，在快回到家的路上又接到大哥的電話說，母親找到了，是在小公園那亂走時被好心人士帶到警察局的，他已經過去接了。

　　呼，終於鬆了一口氣。

　　但她知道，母親的狀況只會越來越糟，更多的擔憂還在前方等待。

2

到底老人痴呆症是怎麼回事？

　　她在維基百科裡找到：失智症（英語：Dementia），也稱癡呆症，其英文 Dementia 一字來自拉丁語（de，意指『遠離』；mens，意指『心智』）。是腦部疾病的其中一類，此症導致思考能力和記憶力長期而逐漸地退化，並使個人日常生活功能受到影響。其他常見症狀包含情緒問題、語言問題、還有行動能力降低，但個人意識卻不會受到影響。診斷失智症有兩個要點，一是心智功能出現退化；二是退化的程度比一般老化的情形更嚴重。這些疾病也常帶給照顧者相當大的影響。最常見的失智症類型是阿茲海默症，阿茲海默症患者佔所有失智症患者人數的 50% 到 70%，其他常見的種類還包括血管型失智症（佔 25%）、路易氏體型失智症（佔 15%）、以及額顳葉型失智症，相對少見的失智成因則有常壓型水腦症、帕金森氏症、梅毒、以及庫賈氏症等。預防失智症的方式，主要是減少常

見的風險因子，比如說高血壓、吸菸、糖尿病、以及肥胖症等。目前並不建議全面進行一般民眾的失智症篩檢。

失智症目前無法治癒。多奈派齊、乙醯膽鹼酯酶抑制劑類藥物經常用於治療輕至中度失智症，但這些治療的幫助終歸有限。

她注意到重要的一句，失智症目前無法治癒。也就是說一旦罹患了，只能儘量可能的去減緩他朝嚴重的道路前行，陪伴、運動、多動腦都是很好的方式。英琪想既然自己已從婚姻的道路退場了，自己又變回一個人的狀態了，還住回了娘家，陪伴母親的工作自己是責無旁貸了。

「妳畫這是什麼？好漂亮啊。」母親從自己老愛盯看的八點檔長壽劇中跳到她的畫作來。

「集集火車站，今天下午去畫的，還有一點沒完成。」英琪忙著點開螢幕正要消失的手機畫面。

「是照片這個嗎？哇，妳畫得比真實的景色還要好看哩，讚讚！」

很少被母親稱讚的英琪靦腆起來。「沒啦，我這算普通啦，如果妳看到我們資深學長姐或老師的圖那才是精彩。」

「已經很美了，妳什麼時候開始畫圖的媽媽怎麼不知道。」她把寫生簿往前翻，看著一張張速寫風景眼瞳露

出喜悅眸光。連八點檔的廣告結束了，激烈的戲劇繼續上演，也沒把她的視點移轉開去。

母親對她的每一張圖都看的仔細、入迷，還對她的調色盤充滿好奇。

英琪索性就示範畫起集集車站的屋頂給母親看。還教母親把桌上的香蕉畫下來，母親玩水彩調色玩得很樂。

「哈，黃香蕉被我畫成咖啡蕉了，快爛掉了。我還是喜歡妳畫的集集車站，我要來畫一張看看，這種米黃色畫牆壁應該可以。」

母親撕了一張水彩紙，對著她的集集車站臨摹起來，畫得線條雖然歪歪扭扭，卻很有素人畫家的拙趣。

「媽，妳畫得很棒耶，改天我帶妳到車站，我們對著實景再來畫一次。」

「妳是安慰我吧，這樣叫棒？」母親皺起眉，但其實看得出她剛玩顏色玩得很開心。

「很有味道啊！而且妳第一次就能調出這種色好厲害，我可都沒試過，妳比我色感還要好。還是妳也一起來參加我們的寫生課。」

「寫生，我可以嗎？小學畫過圖後就沒有機會再畫了，我這麼老了跟妳們去畫不會很奇怪嗎？」

「不會不會，一點都不奇怪，我們隊裡年紀比我大的很多，大家都是退休後一起來畫圖，也有跟媽妳一樣七十多歲的資深學長，別怕啦，老師很會教的。」

英琪用了很多鼓勵手段終於把母親帶往跟自己一起去
學畫的道路。

她覺得畫圖是很好的一種休閒與復建方式，不只可打
發時間對於母親越來越緩拙的動作也有點幫助，她不希望
母親退化得太快啊。

上次聽老師說起她在圖書館開的色鉛筆畫畫班中，也
有一位老年癡呆症的患者來學畫，她的情況較嚴重是由妹
妹幫她報名和陪畫的，旁邊也帶了一位年輕的印尼看護在
旁照料。老師說那長者起先很沒興趣，不想要畫，但在她
和妹妹的好言鼓勵中越來越有興趣，每次還沒上課都會一
直問，什麼時候要去畫畫啊。

畫得好不好是其次，在運筆的當下就是一種很好的手
部復健，否則失智者很多到最後就連拿餐具自己吃東西也
沒辦法呢！

英琪希望繪畫的學習可以讓母親的症狀盡量的緩解。

母親好像對火車站特別有感覺，只要是老師排要去畫
車站的寫生課，她就特別高興，常常雀躍地像小女孩期待
要去遠足前夕的歡喜。她也就私下多載了母親到一些火車
站去畫圖，整個集集線應該都畫過了。因為看資料裡講，
失智的人對小時候的記憶反而有更多感覺，母親是彰化田
中那裏的人，她還特別帶他去化田中火車站人，有一次經

過花壇，看到一大片向日葵田他們還跑下去畫。媽媽都特別開心，所以她想她要帶母親畫更多故鄉彰化的風景。

　　不過對英琪來說，典雅也近的集集火車站還是英琪速寫本裡最常出現的畫面。

　　母親則說，這棟火車站太大太複雜太難了，她只能畫全正面，把它畫的像圖畫書裡積木堆積起來的可愛模樣比較簡單。

　　「英琪妳畫的火車站是專業畫家版的，媽媽的則是幼稚園版的，哈⋯⋯」

　　「唉啊，老媽妳這是素人畫家版的，這種才是一般人畫不出來的哩。像畢卡索晚年他也都追求像兒童般的簡單、拙趣線條，越單純可是越珍貴，童真般的畫作分外珍貴，我們的帶匠氣啦。」

　　「什麼畢卡索，媽媽不懂啦，不過我知道妳是在安慰我的。」

　　「不是安慰，妳真的畫得很好，上次老師還說將來要幫妳辦畫展呢！」

　　英琪真的喜歡和母親畫畫的時光，她覺得媽媽在畫畫時是最投入最愉悅的，但失智症的症狀也在持續加重著，母親的動作似乎越來越遲緩，有時坐著發呆會忘了自己正在畫畫。是英琪喚了她說，趕快下筆啊，妳調的水彩都要

乾掉了。母親才從外太空歸來般的回神，趕快再著色。呆滯的眼神頻率，越來越高了。

　　還有一次驚險的經驗。她帶母親回她的故鄉田中去畫車站，畢竟是自己兒時生長的地方，母親那天特別歡喜興奮，畫到一半就說要到處去走走看看，英琪也正畫得投入不想起身，想說母親應該是要在外圍小徑散散步，就沒陪她。哪知母親竟往月臺區走，還差點掉下月臺去。

　　英琪的汗狂飆，心臟像跑百米賽跑後的狂跳，她自責內疚跟大哥說起，大哥還跟她大吵一架，說幹嘛帶著母親到處跑，讓她乖乖安全地待在家裡不就好了。如果需要就請外籍看護來幫忙，不要再讓母親處在危險裡了。

　　「妳們寫生隊動不動就在街頭畫畫，實在太危險。如果路邊有車沒控制好撞到妳們怎麼辦。」

　　她和大哥對照顧失智母親的看法大大不同，大哥只希望母親好好地、乖乖地待在家裡，不要有任何的生活波動，他還想把母親送到有人照顧的安養中心，或請看護來家裡幫忙。英琪則希望在母親越來越失去的記憶裡，可以把握有限的時間，把生活過得更豐富一點。研究資料中不是說越多的陪伴、動腦、運動，都能延緩失智的速度，**藝術治療和陪伴是很好的方式不是嗎**？

　　為什麼大哥就不願相信這些呢？

　　寫生、畫畫、旅行…讓自己不開心的失婚生活有了新的生活觸角和寄託，也結交了很多志同道合的朋友，趕走

灰階的心靈。她無法想像自己如果沒有來學畫，現在將會過著怎樣的日子。也相信母親跟著自己的這條美術學習之路行走，一定會有很多豐美的收穫，最少能在生命的後半階段留下燦爛愉悅的美好。

這樣不是很好嗎。

她篤信的信念城堡卻被接二連三的事件給摧毀中，城堡正在崩塌。斷垣殘壁還能修復嗎？

3

當英琪跟速寫隊的同學到花蓮寫生回來，一踏進客廳就發現桌子上灑滿母親的畫作，是從畫畫本裡拆下來的，好幾幅畫作像被人撕過或用刀片割過般零亂不堪。她趕忙把背包放下，到各個房間去找人。但都沒有發現母親的蹤影。

她趕緊撥電話給大哥，大哥才說母親這幾天情緒很不穩定，昨晚還把畫本拿出來說自己畫得好醜，要把作品毀掉、丟棄。

「我昨天和妳大嫂跟她耗了好久才搶救回來這些畫。她吵說一定是她畫得太醜妳們花蓮行也不讓她跟。鬧到妳大嫂跟她說今天要帶她去搭火車、畫火車站才乖乖去睡。她們應該還沒回來吧。好像想去畫車埕火車站，唉，都是妳啦之前帶她去畫一堆火車站現在不讓她去也不行，今天

妳大嫂還是特別請假陪她去的。我覺得我們還是送老媽去有人可以照顧她的安養中心好了。」大哥說。

「不要吧，這樣媽媽太可憐了。讓我再多跟她溝通溝通。」

母親的失智症真的行進得很快，看隔條巷弄的阿華嬸也帶這個症狀多年了，好像也就維持在一個狀態沒再惡化。但醫生說每個人的情況差異都很大，每一個個案都不同，有的人好多年都差不多是那個樣子，有的人會在短時間突然很嚴重，連生活的自理能力都沒有了。失智者的時間表沒有人能掌握的。

英琪想起前陣子幫老師到圖書館畫畫班當助教，她看到那位失智長者和妹妹一起畫色鉛筆的認真模樣。雖然動作緩慢，眼神流露的是不同於一般人的單純、小空洞感，但對畫面一筆一筆塗抹的認真態度令人動人。

母親何嘗不是這樣呢，每次陪她畫畫，看她平靜的臉容樣貌，那是一種發自內心的喜悅顯現。也許母親會如醫生說的，退化的速度比一般病患還要快，她也希望母親在能還有記憶的時光裡，能生活得更愜意、更豐美。

她把桌上散落的圖稿一張一張的撿起來，整理好，也將一些被剪壞或撕碎的紙片一一拼湊起來。幾乎都是火車站的水彩速寫。有些車站的牆壁顏色很相像她還差點拼錯。

這是田中站吧，不不應該是大村的，這個應該是社頭車站的，我還有印象。嗯，這一塊看不出來，是永靖車站嗎？她在內心裡喃喃碎語，也想起自己小時候有一次要參加畫畫徵選，也是畫完了鬧脾氣把畫作亂撕一通丟到垃圾桶，還在嚷著不要參加了、要棄賽。是母親把她的畫作碎片一塊塊的從垃圾桶裡撿起來拼粘回來，跟她鼓勵說妳真的畫得很不錯，也許色調再修改一下再重畫一張去徵選，會有好成績。即使沒有得獎也努力過了，表示有人畫得更好，就享受畫畫的當下快樂，下次再努力，不用太有得失心。

　　沒想到像輪迴一般地，自己現在竟剪粘著母親的畫作，萬萬也沒想到現在要說鼓勵話語的角色已互換了。母親好像變成了當年那個任性的小女孩，需要更多的呵護和鼓勵。

　　把各個火車站的水彩速寫稿通通粘好整理好後，母親剛好和大嫂回來了。大嫂似乎很累，一下子就攤坐在沙發上休憩。母親則是翻起這一張張被拼粘回來的畫作很認真的欣賞。好像忘了是自己把它們撕壞搞亂的，還喃喃的說，這是誰畫得啊，怎麼這麼漂亮。

　　英琪心裡有數，母親遺忘的症狀是以等比級數的崩壞速度在加劇著的了。

「媽，這些都是妳畫的，真的畫得好棒啊，幾乎都是彰化縣內還有集集線的車站，妳昨天為什麼要把它們撕壞呢。」

我撕壞的？母親愣著看她。

大嫂本來閉目養神的突坐起來：「媽媽昨天妳像個不給妳去遠足就鬧脾氣的小孩子一樣，吵亂一晚妳自己都忘了啊。」

「是嗎？我不記得了。」她又把畫作一張張地欣賞，眸光盡是滿足的喜悅。

「媽媽，妳們今天去哪裡啊？」

「啊，這裡啦，水里對不對，這是阿芳陪我畫的。」母親轉頭去看媳婦。

「不是水里啦，是車埕。」英琪大嫂張開閉目養神的眼看了一下，說完又睡了。

母親倒是興高采烈地把車埕火車站週邊的事物都說了一遍，巨細靡遺的令妳無法相信眼前這個人是位失智老人。

「看，這是我今天畫的，不錯吧。第一次沒有妳陪畫沒有妳指導喔。」

「真的耶，媽媽妳越來越厲害了。幫妳開畫展好不好？」

「什麼畫展啊？」

「就是之前我有跟妳提過的，楊老師說他們圖書館色鉛筆班的展完後會有兩個月的空檔，想幫您在圖書館辦個展覽。我們都覺得您火車站系列畫得很有味道，圖的量也夠很值得來辦展哩。」

「妳說這些圖嗎？都被我撕得『亂七八糟』了，要怎麼展呢？」

亂七八糟這個詞已成母親的口頭禪。

「再畫就有了啊，反正還有兩三個月的時間，我可以帶妳去許多火車站慢慢畫啊，要畫我們集集線的火車站也好，要畫阿嬤家彰化的也可以，還是我們乾脆來個環島車站寫生，找幾個想畫的站邊旅行邊畫畫。」

「英琪啊，媽媽的體力沒太好啊，妳這次去花蓮不是不讓媽媽跟，怎麼還有力氣帶媽去環島。妳哥不會肯的啦。」大嫂似乎沒睡著。

「這次沒讓媽媽去是因為老師說有好多位新生需要我們幫忙帶，而且她排了太魯閣健走的一些行程，不適合媽媽這年紀。如果是我和她單獨去用搭火車的方式就沒問題了。」

母親其實也沒答應要不要辦畫展，但英琪已決定策畫環島寫生的一切。她自己覺得是重拾畫筆這件事讓生活有了好的能量、好的轉變。她也希望母親的餘生裡能有更多美好的看見。臺灣這片山水的美，可以藉由火車站的一段一段旅程，拼湊再看見。

4

環島火車旅行寫生，沒有想像中來得愜意，但卻是永生難忘的一段時光。

英琪原本的規劃比較緊湊，但母親的動作和靈敏度已大不如前，幾乎每站畫圖的時間都比預期得時間還久。本來她要配和趕搭火車的時間，總是催促著母親，但後來發現這樣的慌趕效果並不好，母親有時根本也不想動筆，只是在車站附近走看，有時會很有靈感的講年輕時在某個車站的點滴。像有次她們在嘉義的竹崎車站畫畫，母親就講了大約一小時以前和老爸約會到阿里山看日出的往昔，許多過往事物都是在旅行的牽引中才想起的，她也都是第一次聽聞。後來想想，乾脆把原定的時間表都銷毀了，和母親來一場自由自在的火車站「慢」旅行，沒有太多的預設，母親和自己反而都愉快自在，畫出來的寫生圖稿色調也越來越明晰燦爛。

回來沒幾天英琪就把母親的畫作拿去給楊老師過目，也請她挑選和準備裝裱。

「真的畫得很棒，色調越來越輕快感，伯母這趟旅行應該很愉快吧！」老師說。

「還是有很多狀況，我發現母親遺忘的速度超乎快，我們畫完臺灣火車站一圈，我拿我們第一站龍泉車站給她看，她已忘得精光，還說那不可能是她畫的。我前幾天帶

她再去檢查，醫生說退化的真的很嚴重，照這種速度下去應該很快忘記自己的名字怎麼寫了。很糟糕。」

「那，妳趁這個機會教她在每張畫作上落款寫名字吧。我們不挑圖，全部都展。」

「全展？會不會太多啊。」

「我想讓大家看到妳媽媽的毅力，從一個不會畫畫的人到現在一張張都精彩。還有這過程中妳的努力付出。」

「我，還好啦，陪母親畫畫對我來說也是一種治療，最少把婚變的痛苦通通都拋掉了，老師我真的很感謝您。」

「別這麼說，妳趕快回去教母親寫下名字，我準備來做海報了，如果畫展名稱訂為『遺忘的火車站』妳覺得好嗎？」老師把海報簡單的設計手稿拿給她看。

她不知為什麼突然眼眶紅起來想要湧淚，彷彿想起那個初始，那個在集集車站帶母親第一次寫生的午後，火車站特有的木頭香氣彷似穿越時空，從記憶的海洋裡蒸發出來。好快啊，陪母親畫畫已經這麼一大段時光了啊。

「好啊好啊，遺忘的火車站，這個名稱好，附標寫『跟記憶賽跑的失智素人畫家王冬雪水彩首展』這樣好嗎？感覺好長啊，還是老師再定奪一下。」

「都可再修訂，我想多聽一點你們火車旅行的點滴，可幫你們寫一篇新聞稿。不過畢竟在我們南投展覽，就多描寫一點你們畫集集線你們母女去寫生的軼事囉。」

「沒問題，謝謝老師。」

5

遺忘的火車站水彩展順利開展了。

母親果然像醫生說的，退化的超乎尋常，幾乎什麼都忘記了，忘記週遭親友的姓名、忘記自己畫過的火車站、忘記什麼色配什麼色會變成什麼色……還好的是她還記得冬雪兩個字怎麼寫。

當有人跟母親索取印製好的故鄉二水火車站水彩稿的明信片時，她會認真又緩慢的用簽字筆寫下冬雪兩字，硬硬拙拙的字跡卻顯影著快樂單純的個性，她總是邊寫邊說我寫得亂七八糟。當人們稱讚她的畫作，她會說都是女兒和楊老師教的，自己畫的不好啦，畫得「亂七八糟」。

亂七八糟的真漂亮啊！阿嬤你真的太會畫了太厲害了。王冬雪您從小就喜歡畫畫嗎？是你女兒啟發了您的繪畫動能嗎？妳是失智後才開始畫畫的嗎？旅行寫生會不會很辛苦呢？這麼多畫作您最喜歡哪個車站呢？……好多人對她發出詢問。

她既喜悅又緊張的說：「我一切都忘記了，只記得跟女兒一起去集集車站畫畫的那一天，太陽好大好大，六點

多了都還不下山，車站好寧靜，從那一天開始我就喜歡畫畫了，而且很高興還畫了故鄉彰化的火車站，還有一些臺灣有名的火車站。雖然畫的『亂七八糟』但是都很開心。都是女兒教的啦。女兒教我教得『亂七八糟』啦。」

　　臺下一片哄然大笑，英琪的淚卻噴了出來，也許真的該感謝遺忘、感謝失憶，讓她和母親有了這樣精彩的時光，成就了這非比尋常的畫展。真該感謝失婚、感謝逆境，才讓自己有重拾彩筆的機會，畫出自己的璀璨。

　　命運大神在主宰著這世間的一切，一切的安排都有其用意。

　　在遺忘與記憶之間，她學會放下。

　　因為放下，擁有了更多更多。

　　一切都該感謝，感謝那個日光烈焰，無風，天際亮得像馬諦斯畫作裡的澄透亮藍，乾淨，無瑕疵感，一絲薄雲也無芳蹤的集集車站午後。

　　這個車站曾經倒塌，再度新生，就像她自己的人生一樣，在徹底的摧毀之後，再度重建出更美好的新景了。

有餘

下午，屬於早市喧嚷的音聲漸漸收編，每個攤子上沒賣完的貨品快速地被塞進儲藏櫃裡，民權市場人們收攤收得差不多的靜寂時光，他突然出現在他們家的攤子前，拿來小凳，爬上了原本該是放魚的攤上，扶著旁邊的柱子，試圖用自己調好的漆料把剝落的招牌補上。

週邊的攤位老早都換成明亮的壓克力卡典西德招牌了，只有他們家的招牌「有餘海產」還是用油漆寫印的。在長年的風吹日曬剝蝕下漆料褪色，有字的中間那兩條橫槓也掉了，變成一個很奇怪的字。

「阿餘伯，你幹嘛不請油漆工來重寫，小心一點呐！」對面攤子幫忙的徐媽媽大聲講著。

「不是聽人說，你們家不做了，怎麼又來寫招牌。」來等垃圾車的賣肉洪仔也接說。

「誰說不做了，只是阿華手腕受傷休息一陣子而已。」阿餘伯嘴裡稱的阿華就是他老婆。

「唉呀，要嘛要像阿益海產他們做個比較好看新穎的招牌才對。」

「我們不是在第一排門面，不必了。」阿餘伯邊講手抖了一下，有字的第二畫寫得特別胖，看起來有點好笑。他本來還想改，想想，算了，生意又不是只靠這招牌在撐的，重點是這麼多年累積下來的人脈和信用。

他老邁的身軀倚著木柱、踩著凳子緩緩而下，還差點重心不穩的搖晃了一下，賣肉洪仔趕緊過來扶住他的腰。並在他耳畔小聲地說：「傳言是真的吧？」

「啥？」阿餘伯有點重聽，回答得很大聲。

賣肉洪仔只好以他平常的音量但刻意壓低音聲說：「市場的人都在說你們越做越賠，還欠上游廠商不少貨款。他們說阿華嫂早就跟你吵了很多次說不要做了，你還一直堅持。這一陣子她都沒來，手腕受傷只是個藉口⋯⋯我說阿餘伯啊，您也該退休了，都這個年紀了，該享福了，別人早就在抱孫了，別做到把房子都賠進去啊！我是真的關心您啊。」

「幹，誰在亂傳什麼的，誰說我阿餘海產要倒了。生意往來週轉上本來有時就有不剛好的時候，哪是賠啊，是拿我們貨的餐廳延遲付款而已，過陣子就都補齊了，你不要像那些專講人家八卦；壞心眼的無聊人士再給我亂傳。

有餘海產永遠會在菜市場裡和業界裡。」有餘伯像是被引發了火爆神經般的，一發不可收拾地罵著。

「嗯嗯，那就好，是我擔心了。啊，垃圾車來了，我過去了。」

一群人追著專門來收市場垃圾的垃圾車，加上原本等紅綠燈的摩托車，把原本就不寬敞的民權路段擠得更壅塞。

等垃圾車駛離後，攤商的燈火也幾乎都熄了，市場進入真正靜寂空蕩的狀態。阿餘伯又抬頭望望他剛剛補寫的招牌，心中百感交集起來，想到多年前，他好不容易存了一筆錢買下這個攤子；三百萬吶，在當時可是一筆不小的費用啊，以當年的錢都可買兩間透天厝了。那時的市場真是黃金盛時，賣魚真得是超好賺，尤其像他們家專門做高檔魚貨的；利潤非常可觀。每天都在數現金，現在怎麼會變成這樣呢？

真的像兒子說的，時代改變了，人們都到超市買菜去了，傳統市場只會越縮越小，不要再做了。

不，不……不會的，大家都知道超市的魚最不新鮮了，大家要吃新鮮的魚都會來傳統市場買。他心裡這樣講著，但也不得不承認現在來民權市場的多半是老一輩的，年輕人根本很少，來客數和以前根本不能比，加上經濟的不景氣，會買他們家這種高檔魚貨的人也變少了。魚常常賣不出去，就只能再冰進儲藏冰櫃裡，魚放多天就越來越

不新鮮，只能便宜賣給餐廳。但有些餐廳付款的票都開三個月後，甚至還有沒收到貨款餐廳就倒店了，惡性循環下公司的營運每況愈下，他知道女兒拿給他看的每月財務報表月月虧損是真實狀態，但他總想會改善的，總有轉虧為盈的一天。反正老家房子都賣了，這筆錢可以週轉一陣子，一定會有起色的。

　　他對自己喊話，但其實也沒太大信心，只是當兒女、妻子、親友，甚至菜市場裡的朋友都勸他不要做；不看好他時，他就越想證明給大家看，誰說我老了；市場的判斷不準了，一手辛苦創立起來的海產事業怎麼可以說放就放呢！以前花幾百萬買的攤位現在要轉賣連一百萬都談不到，更是不可能出售。誰說老人只有退休一途，王永慶不是一直做到死亡前才停止嗎？

　　有餘伯有一種時不我予的感嘆，胸中有股鬱氣難伸。

　　他將漆料的小桶放進攤子的抽屜裡，突然看見上方有個名片寫著吉祥街的地址。這地址號碼不正是以前他年輕時租居的老房子的所在號碼嗎？現在已變成陶藝工坊的製作基地了啊！十多年都沒再踏進這裏看看的他，突然有再去走走看看的念頭。

　　也真驚心，民權市場與吉祥街一點都不遠，他竟可數十年都沒再走進來一次，何況年少時代還租住在這裡將近八年哩；這小小的街有他太多的青春回憶。 只是當年在吉祥街的他是個才從家鄉王功才到彰化市工作不久的小夥

子，現在再重返竟已是腿部因工作受傷步伐蹣跚的老人，只能感嘆光陰真是飛逝啊。

有餘伯走到吉祥街這家陶藝坊門口探著，但大門深鎖，看了旁邊的營業時間跟著嚷唸：「晚上才開啊，門面都整理過了，看起來不賴。」

他探頭張望了一下，感覺空氣裡有淡淡的木頭香氣浮動著，在香氣的帶領間，他川入回憶的長河，游回了剛來市區打拼的青春時光，感覺打拼汗水的鹹味還在回憶的瓦罐裡發酵、迴盪著——

2

有餘出生沒多久，母親就把他帶到芳苑那邊給一位很有名的算命先生算命，有餘這名字也是那算命師取的。算命師說有餘命裡帶水，將來如能從事跟海洋或海產之類的工作將會如魚得水、會賺錢大發。

事後回顧也果真如此，原本國小畢業後到鹿港老街那邊跟一位中醫師學功夫的有餘，做得痛苦萬分。直到回到王功漁港旁的冷凍廠當囝仔工後，一切才順遂起來。

那時他除了在冷凍廠裡當搬運工還跟另一位認識的老闆到漁市場學批魚，每天幾乎都是清晨三點就在王功漁港工作，從冷凍廠回家後都已經是晚上八點後了，一天工作的時間非常長。那時冷凍廠的一位小股東想自己出來做，就找已經對這行很上手的有餘當合夥人，他們租了一間小

小的倉庫開始營運，搭上了臺灣經濟起飛的時代，一下子就擴充租了大倉庫，雖然日子過得忙碌又辛苦，但賺錢的美好滋味勝過了一切。

後來和合夥人分道揚鑣後，他娶妻、生子，把賺到的錢通通投入買市場的攤位，雖然不是門面進來的第一排，但有得力助手妻子阿華這位殺魚快手的相互幫忙，他們魚攤的生意越做越好，很快就成立了海產批發公司，不只在菜市場裡賣魚，也兼做餐廳的海產買賣，天天忙到昏天暗地，但也著著實實賺了錢。在南郭路這邊買地自己蓋屋，大家光看房舍的寬廣和大器就知道有餘伯在這十幾年真的是發了。

兒子常說他捨不得退休，連現在生意做到賠錢也堅持繼續要做下去是喜歡被人稱喚老闆的優越感；喜歡這種可使喚下屬的高高在上之感。

他不想跟兒子辯駁。兒子不會明白，一個讀書不多的鄉下孩子來到城市打拚，可以靠著自己的力量一點一滴的建立起自己的事業，是多麼艱辛的歷程。他真的不希望因為這幾年的營運不善就把辛苦建立起來的事業給放棄。

但長年剁魚而產生手腕關節病痛的妻子老早就跟他喊不想再做市場的工作了，連一度接手公司負責人的女兒也在長年與他理念不合老是齟齬的狀況下退出了公司的主要工作，只願意幫忙一些送貨的工作。請進來的王經理雖然人脈廣，但相對也薪水高，營收比以前少但人事薪水的費

用變多了，整個營收損益一算還是負數。家人之間的感情也打壞了，還堅持繼續公司營運，永不退場的理念真的能持續嗎？

在兒女、家人和員工面前，他仍是堅毅地堅持自己的所想；公司絕不結束，但其實他害怕的是，如果不做生意了，他的生活還剩什麼？能做什麼？會不會很多老人都跟他有一樣的惶恐呢？「老」這個字眼叫人討厭，但怎麼一瞬息就來到眼前呢。

像他這年紀別人都已在含飴弄孫了，偏偏女兒也不嫁，兒子也都四十了還在拼事業，也說不要結婚。這樣的狀況他能指望退休生活嗎？他能指望退休後兒女能孝養他嗎？

越想心頭就越悶、越煩。

過了幾天，他決定再回到這個陶藝工作室看看，這次終於有營業了，他就晃進去看看。

不只看看陶也和年輕老闆閒聊起來，才知這裡的租金也高達一萬五了，想當年他租在這裡也才八百塊，且他對這種破破舊舊的木頭房子十分沒好感，要不是租金便宜和離工作的地點近，他根本不想住在這裡。才住不到十幾天就一直想搬出去。但是現在時代不一樣了，當年大家不愛的破舊老房，竟然成了年輕人渴望租居的時尚居所。他想到前不久和兒女到一家由老房子改建的餐廳吃早午餐，那

房子還故意保留磚壁的殘破樣卻形成特色賣點，生意還好得不得了。他真的不明白，這時代是怎麼了？

房子的老成了賣點、特色。舊也成了時尚。如果人也是這樣就好了，老人總是被忽略、被鄙棄的，他喟嘆著。

早知道當年就彰化市區裡沒人要的老房子都買起來就好了。

唉，早知道啊早知道。知道容易行動難啊。

「阿伯，您喜不喜歡這個，這是我們代理的陶藝家的新作品，色彩鮮艷又可愛，不同於時下的陶器且價錢也不貴，你可以參考看看。」年輕老闆和他閒聊後還是沒忘記要做生意。

他的視線沒照老闆的引領放在櫥櫃上的彩陶兔子，反而移到掛在柱壁上的一個木器與陶魚結合的作品，旁邊用朱筆落款的年年有餘四字馬上擄獲了他的心。

尤其後頭的兩個字「有餘」筆法特別飛揚輕逸，又是自己的名字，感覺很特別。他問了老闆價錢，連殺價都沒有就馬上購買了，和平常他的作風很不同。

回到家把這陶魚掛在玄關轉角的壁上，心裡唸著有餘有餘一定會有餘的，有餘海產不會輕易結束一定會再創高峰的。他感覺年輕時那股旺盛的鬥志力又在胸臆燃燒起來。

3

「阿華，妳看我買的這隻陶魚怎麼樣，不錯吧。」有餘伯一直站在玄關處欣賞，看到妻子回來吆喝她看。

「嗯，動態活靈活現很吸引人，那哪裡買的？」

「吉祥街那邊的一家陶藝工作室，還蠻不錯的，改天帶妳去看看。」

「嗯。」

「妳手恢復得怎樣，休養這麼久應該沒問題了吧，明天到市場上工吧。我今天去把我們的招牌漆好了，煥然一新。也該再重新開張做生意了。」

有餘才說完阿華的臉就從和悅馬上轉成鬱憂愁容。「我真的不想工作，剛剛剁雞肉還是會痛。」六十幾歲的阿華說起會痛的兩個字還像個小女孩的神情。

「到底是還要休息多久才夠，都已經一個多月還不夠嗎，我們的漁產不能老是囤積，我前兩天才又去漁市場批了一些貨，妳要趕快幫我賣一賣，都是最新鮮的，不宜再冰。」有餘伯的聲調從低到高，又突然壓低，好像要刻意壓抑已經要顯不耐煩的躁鬱之氣。

「跟你說囤積在倉庫的海產還一大堆你幹嘛還去批貨，過年前買貨銷不出去還賠了錢的教訓忘了嗎？賣房子的錢都拿去周轉了你又忘了嗎？是要把所有的錢都賠光你才會醒嗎？」阿華一邊甩著手腕關節一邊說。

「不會不會，我這次挑的都是好賣的，妳趕快上工、趕緊到市場幫我賣就不會囤貨的。啊，不然妳是要休息多久，打算都放給他爛，讓攤子發霉啊。」有餘伯的口氣越來越差。

阿華沒有再回話只是長長嘆了口氣。女兒剛好回來聽見他們的對話就馬上接說：「阿爸，你讓媽多休息一陣子，我昨天帶她去複診，醫生也說要再休息不然前面的修養都是白做了，很快又會復發疼痛。而且……」女兒本想跟爸說，母親又去看身心科了，就是憂鬱症的毛病又回來了，但還沒說有餘伯就把話搶過去。

「休息休息，一直休息到倒店好了。我買太高級的魚貨你們就說太花錢會賠錢，現在我買了中價位好賣的魚貨有機會把之錢賠的賺回來，你們卻說要一直休息下去，到時候賠錢又來怪我。都休息這麼久了我就不相信都沒有起色，你們根本就是懶惰而已……」有餘伯真的生氣了。

「唉，不想跟你講了。」阿華躲進廚房。

只有女兒繼續跟他闡述為何母親一定要再休息的原因，這時剛好兒子也從外面回來，也加入勸說的行列。兒子的口氣就不像女兒溫和了，完全是直來直往有話明說的衝嗆勁。

「好啦好啦，你們都是站在你媽那邊的，都叫她不要做，就都一直休息下去，等到店倒了，全家都去喝西北風好了。」

「爸，你不要孩子氣好不好，我們是就事論事，不是站在誰那邊，你就讓媽多休息一陣子會死嗎。」兒子口氣也衝得很，跟他一樣都是死硬派的個性。

「會死，會死，公司會死得很慘，很快。」有餘伯其實不想說的那麼衝，但只要想到全家人都跟他唱反調，他就越加想說狠話。

也許這些狠話只是想引起兒女們的關心和注意，但卻把他們推得更遠，兒女對他的不諒解反而更深。

他真的不明白以前的阿華；可以跟他一起打拼吃苦的阿華到底怎麼了？

除了手痛外，心理到底出了什麼毛病。

「奇怪了，你怎麼會在這裡，不是應該在高雄？」

「車子壞了，回來保養。」

「又壞了，文創商店做的怎麼樣？」

「沒有想像中的好，我們以為在臉書評價不錯實體店面應該也可有一樣的好成績，結果來客數很少，有的客人只是來看看就走了也沒購買。」兒子回答。

「我就說我不看好的，發神經啊，花那麼多錢裝潢一個店只是賣一些貴得要死的文創商品，我就不相信那些布偶、雜貨會有什麼人要，還訂價那麼貴。如果開店會賺在彰化開就好了，幹嘛得要開到高雄，還得在外租房子，花一大堆錢，你到底會不會算呐！」

「因為高雄有文創商店補助，而且人口也比較多，我跟你說過很多次了。我們慢慢做，會有起色的。你等一下有沒有空，可載我去車站搭車。」

　　「慢慢做，我看最後也是會倒的。」

　　「嘿，你就都不會祝福人家，就只會看衰自己的小孩。算了，等一下我自己搭計程車去車站。」

　　「浪費，都沒錢了還搭計程車，就是這麼浪費，才會把店花這麼多費用在裝潢上，那是錯誤的開始……」有餘伯不斷叨唸，好像要把所有的不滿意通通都加總宣洩。

　　「夠了，你就只會數落別人的不是，你的觀念已經跟不上時代了，我那些裝潢都是有意義的。」

　　「最好是有意義，不要到最後又要來跟我借錢。」

　　「絕不。」兒子講完就穿上鞋又離開了，也不管外頭的雨絲已經輕輕灑落，寒涼的氣息在晚春的傍晚間瀰漫。

　　阿華衝出來說：「你們父子又吵架了，你不是一直希望他回彰化，結果只要他回來你就跟他吵，把他又推得更遠，你是何苦。唉——我真的會被你氣飽。」

　　「誰叫他總只是站在自己的立場想，就是看不起自己的老爸。」

　　父子兩人之間的鴻溝已深廣遼闊到難已修復的境地。為何會走上這境地呢？不是該是最深愛的家人嗎？為何彼此要傷得這麼深呢？如果都願意站在對方的立場想，就不

會有這麼多衝突了啊。但為何就是不能多替對方設想一點呢。

有時明明有滿滿的關愛，為何化到嘴邊時就成了利刃般會傷人的語言呢？

有餘伯自責的。

心裡其實跟老伴一樣，想馬上打手機給兒子，跟他說好好在家裡吃頓飯吧，明天再回高雄吧。但外表卻又裝得若無其事，晚餐吃得毫無滋味。

要拿碗筷去洗時，在妻子的耳邊小聲地說：「阿華，不然就再休息吧，等你想再到市場時再跟我說，新批的這些貨我會請王先生幫忙多找通路銷出去的。」

有餘伯覺得自己的世界正走向一片迷濛的霧色，年輕時秉持的只要肯拼就會贏的信念已在崩壞瓦解，當年一起做戰的戰友已想撤退，不能再勉強別人跟自己一樣都還想在沙場上持續嘶殺。

老年，該是這樣的人生風景嗎？

如果不賣魚，還能幹什麼呢？只能像他那些朋友每天泡在老人會裡唱歌、下棋、打打撲克牌，趕著時間載孫子們上下學、趕補習班嗎？這些都是自己不喜歡的，何況也沒孫子可操煩啊。

4

他們家民權市場的魚攤雖持續沒營業，但有餘伯還是像以前一樣仍是一大清早就到王功漁港去晃晃，去看看又有什麼特別的好貨。有時看到很新鮮又特別的魚貨他還是有一股想把他們通通買下來的慾望，沒辦法這是多年養成的職業病。但現在他只能克制再克制，畢竟賣舊家的現金都拿去墊貨款了，如果再沒算好進貨和營收的平衡，等一下連現在居住的房子也賠進去，那就糟糕了。那不就把一生拼搏下來血汗、積蓄，通通化做烏有了嗎？

所以他只是來晃晃看看，和老朋友聊聊天，等漁市的人群散去後他就一個人晃到海邊去走走。非假日早晨的海邊寧靜又舒服和假日時被觀光客淹沒的吵嚷氛圍差異極大。靜謐讓鳥鳴的清脆啼唱更顯動聽，看看老牆垣、看看矮籬上含苞的茉莉花、各家門前爭相鬥艷的花朵，心情就跟著舒愉起來了。

回到市街，他想到上次去的那家陶藝工作坊，老闆說隨時歡迎他來做作品。他就趁此無事的時光又走向工作室。一進室內，視線馬上被櫃子裡充滿溫潤釉色的陶藝作品給吸引，攫去心神，視神經下給步履停駐的指令。作品裡以陶杯陶壺等食用器物為主，也有不少以魚為主的創作。

「阿伯，對做陶有興趣嗎？我們有現場教學。」一位年輕的男生穿著工作服出來向他介紹。

有餘伯記得之前假日時經過這裡好多人都在做陶,有許多都是親子組。

他沒有馬上回應,仍只是張望著展示櫃裡的作品,有些看來像小朋友做的充滿了樸拙可愛的質氣,有些則很精緻細膩,表面的釉彩滑亮變化;充滿了魔術般吸引人的牽引力,他實在好喜歡。

「阿伯可以試試看喔?要做手拉坯也可以。」

「不過我都沒做過哩!」

「很多人來也都沒做過啊,不必擔心的,我們以自由創作為主,看你想做什麼都可以。」

有餘伯詢問了費用方式,想想自己也很閒,不彷就來做做看吧。

「阿伯,你想做什麼呢?可以從陶杯陶碗開始,燒完後也真能用在日常生活裡喔。」

「我想做條魚。」他想到之前買的陶魚。

「OK,沒問題,我們開始囉。」

魚在有餘伯的生活裡是熟悉不過的事物,各種魚的形象對他來說一點都不陌生,在老師的指導下,陶版上一條活靈活現的魚兒身影就成型了。

「阿伯你未免太厲害了,連魚鰓還有魚鰭這邊都做得這麼逼真。」

「沒有啦,普普通通啦。」有餘伯嘴巴雖這樣說,心裡其實高興得很,像一位久未被稱讚的孩子般雀躍不已。

既使老師沒有稱讚，有餘伯也是開心的，因為在捏陶土時的專注和投入時那忘我的時光，真得很享受。

　　捏著土、泥，沾著水捏塑貼黏，彷彿小時後在住家旁的工地挖土堆裡的黏土做東西般快意，不管做得像不像都沒關係，手作的本身就是愉悅。

　　「阿伯，您是從事什行業，怎麼對魚的形貌這麼了解？」陶藝工坊老闆問。

　　「我是在賣魚的。」

　　「喔，怪不得，對魚的型態這麼了解。好，我們今天就做到這裡，之後等陰乾我們會再塑燒、上釉。基本上我們都是幫客人上釉，如果阿伯有興趣想自己處理顏色也歡迎自己來塗釉，我們會再通知你時間。」

　　其實不需工作坊通知時間，有餘伯已成了這裡的常客，每當有空有餘伯就會來到陶藝坊做作品。起先家人都不知道他在忙什麼，怎麼常常都找不到人，但少了他在旁邊鞭策和嘮叨絮語，家人竟然都覺得輕鬆快意，沒有他這個大家長出現的家裡，反而是和諧美好的。

　　他幾乎把他熟悉的魚都做成了陶魚，像鱸魚、石斑、三角仔、白帶、土魠、鯧魚、迦魶、大頭鰱……他在想如果把燒出來的陶魚通通拼貼在一面牆上一定很壯觀。於是越做越勤，不只努力捏塑不同的陶魚造型、注重其形貌及姿態，連燒製釉色也成了他興趣和研究的一環。

釉色的變換萬千，牽扯到的層面更廣更深，不是可以一蹴可及的學問，必須在一次次的燒製和試驗中歸納出經驗值，有時無意中燒出比自己期待裡還要驚艷的色澤那喜悅難以形容，有時陶魚在燒炙時收縮過度呈現裂紋甚至整個破毀，難過的心緒無與倫比。然而這也就是做陶的魅力吧，釉色在溫度和時間不同的條件下，呈現變化萬千的豐富色彩，迷離又令人著迷，他常常把玩著燒出來的陶魚，細看好久也不厭倦。

　　「阿伯，又在看魚啊，這一次的釉色滿意否？有沒有算過已經燒出幾條魚了？」陶坊老闆指導完一群觀光客學員後轉身問他。

　　「快二十條了吧，這一次的寶藍色很難燒但很美，這是第三次重上釉了，很滿意啊！我上次帶回去一小條陶魚，我小孩還說要帶去他高雄的店賣哩。」

　　「阿伯我看你做陶藝的精神比我當年還要認真哩，用這種心投入做什麼都會成功的，我從阿伯身上學到很多。」

　　「老闆你太客氣了，我才是從你身上學到很多，陶藝的學問很廣很深要學得還多著呢。自從來做陶藝後比較少管家裡的事業，都全權放給女兒去做，沒想到沒有我的指導她也做得不錯，本來前幾個月還賠錢的現在已經有由虧轉盈了，家人間不談公事，感情反而好了。唉，真想不透我以前為什麼都不肯放手，應該是不信任他們吧。」

老闆也講了他剛創業時的一些心酸，當時家父也是非常不看好他，常常批評指教。

　　「他們現在知道我花很多時間在捏陶上，也都很鼓勵哩！我看我真得可以退休了。」有餘伯臉上的線條和以前比起來多了柔軟。

　　「嗯，這樣很好，也算意外的收獲。對了，上次你燒的那隻臺灣鯛放這還沒帶回去時有位客人想買哩，阿伯有沒有想販售，有無意願割愛。」

　　他想了好一會才答：「暫時先不要吧，我想燒到一百條，想看看一百條魚組匯在一面大牆上是什麼感覺。啊，其實也是捨不得賣啦，每一條魚都是辛苦創作出來的成果。」

　　「嗯，我可以了解這種感覺。啊，阿伯那你也可以看看這份簡章，這是咱們彰化創意商品的徵件，我覺得你可以把陶版魚迷你化做成創意商品，比方說紙鎮、筆筒、名片座……之類的去參選，搞不好獲得青睞，可以把你的魚兒讓更多人注意到哩。」

　　有餘伯把這簡章帶回家，仔細看了後，覺得自己沒什麼想法，也不可能徵選的上，就把他丟在看書的桌子上。直到兩週後兒子從高雄回來無意中看到這簡章，才找他討論起來。

在經營文創小物特色商店的他對產品有敏感度，也知道哪一樣的物件會吸引消費者，就很認真積極地和他討論起製作小魚陶燒筆筒架的雛型。

　　「爸，你看，如果用王功燈塔的造型加在這邊這樣適合嗎？」

　　「是不錯，但不知道燒製的失敗率會不會很高，我再拿去跟老師討論討論。」

　　就這樣，因為要創作適合販售的文創小陶魚，有餘伯和以前不太有話說的兒子突然有了許多共同話題，他也發覺自己的兒子其實已經不是那個他以前處處都要擔心的小孩了。經過多年在外地生活的磨練，他早就不一樣了；有一番成熟又通達的思想，說起文創的觀點來可是頭頭是道。在這方面可以當他的老師了呢。

　　經過了多次的討論和在陶藝工作室的反覆試驗、燒製，有餘伯終於做出自己滿意的作品了。

　　「爸爸，跟你說個好消息，你的有餘燈塔筆筒在我店裡大暢銷，上次我拿走的十個通通都賣完了，還有一個職訓局的老師跟我訂了五十個，說是要送給結業的學生。只是要麻煩你把本來寫『有餘』的地方，先空白，要改填他們個人的名字，這樣會不會很麻煩啊。」兒子在電話那頭傳來歡喜的一長串話語。

「還好啦，就個別寫，多一道功夫，但收到的人也會覺得獨一無二，特別有意義。我的字不好看，我問問陶藝老師可不可以幫忙寫。」

　　「那位老師說，可以多加費用沒關係，他知道這樣要多費些時間，他願意出高一點的錢，你再問一下老師。」

　　和兒子的電話才剛掛斷，他正要打給陶藝老師詢問時，陶藝老師也剛好打過來。

　　「這麼巧，我有事正要找你哩。」有餘說。

　　「我也有事要找你。要跟你說一個好消息。」

　　「好消息，難道是我去參加文創商品的徵選獲獎了嗎？這不太可能吧。」

　　「不是不是，那還沒公布的，是要跟你說今天有位客人來工作室，剛好看到昨天開窯出來你的陶板魚，他說他好喜歡，他在王功那邊正蓋了一棟新別墅快蓋好了，希望有面牆能貼砌你的陶板魚，就是要跟你洽購啦。如果有餘伯願意的話，改天約時間他要帶我們過去看他的房子。」陶藝老師說。

　　有餘突然想起剛來學陶不久，他就曾想說這些陶魚如果集合起來在一面牆上會是怎樣的畫面，沒想到真的有人要將這畫面實現了，不禁感動起來。停了好久才說：「好好，來約時間去看看。」

有餘伯從來沒有想到年輕時從王功來到市區打拼，拚出一番不錯的成績，卻又在老之將至遇到事業的瓶頸，從真魚現在要靠陶魚翻身，還真是奇妙的境遇啊。連兒子都成了他的事業好夥伴，也是他從未料想到的啊。

現在的有餘伯還是常常往返在王功和彰化之間，他們把市場的魚攤賣掉了，獲得的錢他打算在故鄉王功蓋一座陶藝工坊，平常就自己創作，假日也開放給遊客體驗，希望能讓來王功看海吃海鮮的遊客，多一點藝文的接觸。甚至他也當起在地導覽員把故鄉的美好傳誦下去。

5

「年年有餘，有餘連連」王功的陶藝工坊開幕時，陶藝老師送了一張書法紅聯給有餘伯祝賀。

以前他從不覺得自己的名字好，活到這把年紀了他才感受到原來名字真取得不錯啊。

人家說人生七十才開始，看來一點也沒錯，走過歲月、有了歷練，生活裡的酸甜苦辣都淬煉成創作的養分，現在他要以陶藝家的身分來邁向新的人生，要探索的領域還有無限深遠無限寬廣。在孕育自己成長的故鄉土地上再開創，一切彷若新生般，親切自在又美好的。

誰能預知人生的璀璨將何其耀眼呢。努力就是了！

浯島飛羽

　　晨的霧仿若薄紗壟罩在慈湖水塘的上方，把一切事物都暈染成單純的統調，純粹而靜謐。視覺裡被霧的白，氤氳成模糊的未知，反而加深了聽覺的敏銳，細細聆聽，空氣裡清脆的鳥鳴婉轉悅耳，那是好多種鳥兒共譜的好聽樂音，雖然她不像帶他們來賞鳥的鳥會隊長和一些資深的鳥友們聽聲就能辨其名，但她覺得在霧裡聽鳥的歌唱，實在是一件快意又幸福的事情。

　　既使霧一直都不散去會影響到他們今天的鳥類觀察活動，她也不覺可惜。

　　還好霧仙子在陽光露臉後，就緩緩收拾了她緩慢的步履，升天去了。

　　「嘿，幽青妳看妳看，那邊那隻是黑面琵鷺。哇，妳好幸運，我來這麼多次都沒看過黑琵，妳第一次來就遇上了。」帶她一起來參加活動的雅芬姐說。

「哪裡？不是白鷺鷥嗎？」

「不是前面，妳看後面有一隻嘴巴扁扁黑黑的、體型比較大。來，妳從我的鏡頭看。」雅芬讓出原本站的俗稱大砲的攝影鏡頭前位子。

她把眼睛湊上觀景窗，果然看見一隻拍著羽翼的黑面琵鷺正從水塘往天際飛翔，那和緩悠閒的姿態好吸引人。

「很讚吧。金門的冬候鳥真得很有看頭，除了我們昨天傍晚在浯江口邊看到的候鳥大軍，各水塘也都是他們愛來的大本營。大部分的黑琵都是飛到曾文溪口去渡冬，但有時會有幾隻飛到浯江口這邊，我猜這一隻就是在浯江口那渡冬的偶而也會飛到這邊來，妳第一次看到黑琵嗎？」

「以前到臺南玩時在七股看過，不過是一整群但比較遠沒像在這裡看得這麼清楚。」透過相機的鏡頭看來，前方的畫面就仿如一幕無聲電影一樣，黑琵飛上天旋即又衝回湖面，捕食魚的畫面真精彩。

旁邊的鳥友們紛紛按著快門，她也把相機位子還給雅芬。看著眼前的畫面心頭又百感交集起來，想當初第一次見黑琵，是和前夫談戀愛時的幸福時光，兩人在七股繞了好遠的路、問了好多人才來到黑琵的棲息地。當他們看到一群在夕光中站立的黑琵；遙遠到只能看到模糊的剪影，兩個人也是高興到在風大的潟湖畔又跳又叫，留下許多甜蜜的合影。

而今十多年過去了，兩人從戀人變成家人，又變成怨偶，在爭吵不休的越演越烈後終於以離婚收場，她又變

回子然一身的孤單者，還在前年因幼年型糖尿病發病被誤診為感冒，嚴重昏迷到鬼門關前走一圈，後來雖然救回來了，但因血糖控制不穩，人因而爆瘦，還被感染了肺結核，所有的倒楣事同時襲來簡直是身心俱疲，對人生充滿了晦暗的無未來感。在養病的日子裡人真得很難真正快樂起來。都不知向親朋好友倒過多少的心裡垃圾了，有些朋友聽煩了看到她就躲。還好以前高中國樂社的雅芬學姐對她的抱怨和負面情緒都一一包容，不斷開導她，帶她出來爬山和賞鳥，大自然的力量真得很神奇，就在潛移默化裡慢慢地將她的幽閉心房給打開了。

一開始她對賞鳥一點都沒興趣，只是跟著鳥會的人出來踏青、爬山，身體不好體力很差的她總是走在隊伍的最後頭，前面的人講解著這是什麼鳥、那邊歌聲婉轉的又是什麼鳥她通通都不在乎，只是看著綠野山嶺和闊氣的天就覺得很舒服。一開始他們最常走的是觀音山，後來就常跑北投、陽明山一帶，後來連內湖附近的小郊山也都去探訪了。因著這樣的爬山之便，身體也就在這樣的運動和身心放鬆中慢慢趨向好轉，最少拖了半年以上的肺結核病終於治好了。

幼年型糖尿病雖然無法根治，終生都得靠施打胰島素來維持，但只要身體比較康健、血糖控制得比較好，平穩的狀態也算是與病和平共處了。

因為身體還不是處於良好狀態，她也沒有一般朝九晚五的工作，只在親戚開的補習班幫忙一天才兩到三小時的工作。平常白天的時間很多，如果不是去爬山健行等戶外運動，她最常做的事就是看書和上網。

　　雅芬姐參加的鳥會在臉書上本來就有個粉絲專頁，專門放各個會員拍到的美麗鳥影，有時她也會上來瀏覽一下，但多半是隨意晃晃看看，連鳥的名字也懶得去看去記憶。直到她看到一位鳥友分享了他到金門賞冬候鳥拍到的一些照片，她才驚為天人，有了想要去探領更多飛羽世界的興趣。

　　那是一張從金門飛羽觀測站粉絲頁連結過來的畫面，是一隻羽色鮮豔的黑頭翡翠站在露珠紛掛的木麻黃枝椏上的經典照片，紅紅的嘴、圓滾滾的身軀加上寶藍色的羽翼和褐黃色的腹部羽色，就是那麼優雅又可愛。馬上攫獲了她的目光。她就從原本的網頁連結到金門飛羽觀測站的粉絲頁瀏覽起來，好多吸引人的鳥影一一來到面前，很多都是在臺北這邊很少看到的特殊鳥種。

　　她像發現了新天地般，一張張的照片持續翻看，一種種的鳥名也從她的喃喃絮語中跟著唸出。俗稱小乖的是黑頭翡翠、鸕鷀、蠣鴴、黑領椋鳥、絲光椋鳥、山翡翠、斑翡翠、蒼翡翠、栗喉蜂虎、戴勝、黑頭鳾、鐵嘴鴴、黑腹燕鷗……真的好豐富。尤其是冬候鳥，不只種類多又數量

大，好多鳥友拍到成群候鳥群起飛舞的壯觀畫面，真的好震撼。

「嘿，妳是幽青對吧，是跟雅芬一起來金門的鳥友。初次見面，多多指教。」大夥兒拍完黑琵正在分享戰果，一位頭戴迷彩帽的中年婦人拿著望遠鏡拍了拍她肩膀。

「咦，妳怎麼知道我。不過我不算鳥友啦，認識的鳥並不多只是跟著出來玩。」幽青努力地回想這個人。

「我叫陳淑香是雅芬的老網友了，不過我昨天才剛回金門所以沒有參加你們昨天下午的活動。」

「回金門，所以你是金門人囉。陳淑香……我覺得這個名字好熟悉感……啊，我想起來了妳是不是常常在粉絲頁放照片。」

「也沒有常常啦，就是一兩隻木麻黃上的小乖和一些冬候鳥，我大部分都是這個時節回金門。也剛好這個時節的金門鳥況最精彩。」

「那應該是，我就是被妳之前放的一張小乖的照片吸引才開始常來逛金門飛羽觀測站的這個專頁，從去年中一直看到今年終於真正實現了要來金門賞冬候鳥的這願望。而且發現真正看見的震撼和從電腦照片裡看到還是差好大。」

「那當然。那也就是為什麼許多鳥友可以不辭辛勞、上山下海的去賞鳥，看鳥時的專注和牽引力可讓人忘卻煩

憂，把所有的瑣事都放下，只專注在鳥影的身上，而且他們的羽色這麼美、飛翔的姿態這麼優雅，我常常看著看著就進入忘我的境地。」淑香的表情讓人感受到她真的很享受在賞鳥這件事情上。

「嗯，跟了幾次後，妳講的我漸能體會了。對了妳剛說妳每年大約這個時節回金門，那妳現在是住臺灣嗎？」

「不是耶，我是去落番，現在住馬來西亞哩！」

「什麼是『落番』？」

「我們金門以前的工作機會不多，為了生活有很多人到外地、到南洋去發展，我們就叫落番。我是結婚後就和丈夫到馬來西亞的檳城居住，在那邊經營一間小喇叭工廠，每年也像冬候鳥一樣都要從南洋飛回故鄉來。不過狀況改變了，也許會成為留鳥也有可能，哈！」淑香把賞鳥工具都收了起來。

「喔，為什麼呢？」

在幽青的詢問下淑香才娓娓道來在馬來西亞的辛酸。原來在八年前丈夫就因一場意外過世了，整個工廠就由她獨力撐起管理的工作，她就像八爪章魚一樣，每天為工作付出很多心力，但還在唸書的兩個兒子她也得照顧，每天都忙到氣力用盡的虛脫狀態。就在她以為自己還不賴，把一切都還搞得不錯的意氣風發時刻竟然發現自己得了大腸癌，雖然只是初期，但也是經過一番的治療折騰，人生觀有了很大的轉變。

「生病時在國外就會覺得更落寞，更想念家鄉，有時要找個熟悉的人來照顧都不容易。所以之前和雅芬聊到妳生病的事情，我就很想認識妳，想找機會跟妳說說自己的心路歷程，也許也會對妳有所幫助。」

　　「嗯，謝謝淑香姐。其實跟著雅芬一路接觸鳥、接觸大自然，真得讓我好很多了。真的好感謝。咦，那淑香姐是想回金門定居嗎，妳剛提到想變回『留鳥』？」

　　「對啊，現在身體狀況穩定了，大兒子也到英國念書了，明年小兒子也要回臺灣讀大學，只剩我一個人在那邊多孤單啊。也剛好有人想收購買我們工廠，談的價錢還可以，所以我想那就乾脆回家鄉定居好了。」

　　「是這樣啊。」

　　「人到了某個年紀後就會越來越想念故鄉。以前年輕都想往外跑，老了就相反了。」她揹起一樣也是迷彩布料的後背包。

　　「嗯，我認同的。」

　　「走囉，我們往下一站去。」雅芬過來吆喝。

　　幽青和雅芬、淑香同坐一臺車，三個人歡談不停。原來看起來開朗健談事事如意感的淑香也有這麼多不為人知的辛苦過往。幽青想，老天爺不是只有對自己考驗多而已，其實很多人都也有許多低潮、困境，只是看妳如何去面對去解決而已。如果一直抱怨命運的捉弄、抱怨東抱怨西，一直自怨自艾，永遠只能陷在被命運牽絆的泥沼裡，

無法跳脫出來，永遠不開心的也只是自己。如果可以轉個彎想開一點，接受現實，積極做為，那再創生命的璀璨就有可能。

淑香說起，有一年她剛知道自己得病得接受治療的心情鬱悶時分，那時她好幾度升起輕生的念頭。她和朋友來到浯江口畔賞鳥，看到一隻翅膀已受傷的黑面琵鷺，為了搶食還是拼命地揮舞翅膀迎向前去，那時她通報了國家公園管理局來救助這隻鳥，但心裡也想著為了生存連鳥都會奮不顧身更何況是人呢。後來那鳥在管理局人員的悉心照料下終於恢復了健康又揮舞美麗的羽翼往天空翱翔了。這事件給她很大的啟示，只要對生命不放棄，去接受去調整，都會有迎向光明藍天的時刻。

「我記得那時還抄了一句某心理醫師說的話『生命會在缺口上長出更多枝葉』給妳，妳記得嗎？」雅芬轉頭看後座的淑香。

「嗯，當然記得，這句話對我好受用，真的謝謝妳雅芬。現在我把這話轉送給幽青妹囉。」

「嗯，感謝，我已有所體會與領略，希望經過這些磨難我的生命會開出不一樣的奇美繁花。」

「會的會的啦。咦，我想到了幽青妳不是很喜歡寫文章，淑香以後打算開浯島飛羽的攝影展，妳可以幫她配詩、配文，啊，乾脆妳們一起出個攝影文集好了。」雅芬

說。「嗯，這個建議不錯就這麼說定了，幽青妳等身體養好一點這個文集就要開始寫了。」

「好，我喜歡寫作我來試試看。」

「嘿嘿，妳們看，草叢那邊。」雅芬搖下車窗。

「是戴勝耶，哇！幽青妳實在太幸運，戴勝是金門特有的鳥但我來這麼多次還是初次見到呢，好啦，妳的文集就從戴勝開始寫好了。」雅芬說。

幽青看著戴勝奇特的羽冠心裡有了汩汩湧動的文字詞彙相續升起，她知道提筆寫作的夢想已在成形，浯島飛羽的篇章將是她的初試啼聲，她會努力寫下這些轉變她灰暗心態的美麗飛羽，讓更多人知道這島的自然之美。

會的會的，生命會在缺口上長出更多枝葉，幽青聽見自己的心蹦出璀璨新芽的美妙音聲了──

本文獲第十一屆浯島文學獎短篇小說類佳作獎

新顏

1

淺藍色的氤氳煙氣在背景上淡抹出雲影之感，有流動
的韻味生氣，襯托前方亮麗金黃的向日葵花朵特別顯得耀
眼燦亮，充滿著讓人歡愉的生命力。當老師拿起一大疊自
己手繪的花書籤在桌面上攤開來，她一眼就看到這張向日
葵書籤，像磁鐵般的深深吸引著她的心魂。

「請大家票選一下，想畫哪張我先來示範。」老師端
來色彩豐美的色鉛筆。

大家紛紛說起心中的渴想，有人喜歡玫瑰有人選紫色
鳶尾、有人愛清雅的油桐，她大聲地說出：「我要畫向日
葵。」

老師回應，嗯！妳講的最大聲，我們就從向日葵的花
書籤開始示範起吧！

她看著老師快速輕盈的筆觸，從花心到花瓣，從長莖到綠葉，當金黃的色彩躍上花瓣時，心底久未有的歡愉好似也被帶領上來，有了微細的歡喜躍動。她越看越投入，以為已記住老師每一步示範的過程和細節。但當自己著手畫起時，才知還是那麼艱難，不管是形式上的還是動作上的。

　　巡看的老師來到她的身畔，很快地就注意到她少了兩根手指的右手握筆之不穩。即使是水性色鉛這樣可以靠水筆暈染；不像油性色鉛較需重壓出力，她還是畫得很吃力，手背上的縫合皺紋份外明晰起來，像青筋浮凸的紋理，標示提醒著痛苦的過往。

　　老師細心地將她手中的筆移往自己的手上，特別再為她示範一次，也順便問起她的手，是什麼原因會變成這樣。聽得出老師的口氣特別婉轉輕柔，是怕傷了她吧。

　　雖然都已半年了，自己也向外人敘述很多遍了，沒有事情剛發生那陣時的難以面對，但不知怎地她還是說著說著眼眶就有淚水打轉。她邊畫邊說車禍的經過，那時還傷到了三叉神經，傷口在髮際處經過縫合留下一道明顯的疤，她都是用瀏海來掩飾。

　　她把臉仰起請老師觀看，她的左右臉是不是有一點不協調。

　　「要妳特別提我才會發現左邊沒有什麼動作表情，疤痕也不明顯。」

「手術其實是很痛苦的，不過也都熬過來了，顏面的疤痕我反而不是很在意，重點是這右手，少了兩根手指做事情真得很不方便。醫生說我需讓手多動，即使痛也要動，不能因此就都鬆懈手部反而會萎縮。所以我來學畫也是一種復健。」

　　「那也好，不過不要一下子使用過度，適當的休息是必要。」老師給她一個關注深情的微笑，才離開去指導其他同學。

　　從一開始的無法掌握花型，鉛筆構圖後又反覆擦拭，到慢慢把花和莖葉的佈局完成，成就感慢慢浮現。當色彩飛上畫紙，金黃亮麗的花朵逐漸形成，就好像心底開啟了一朵一朵溫暖的小太陽一樣，這種花給人希望又喜悅的感受，正是自己現在需要的。

　　老師說完成後的書籤可以提一些詞句在旁邊，一來讓空白處不那麼單調，二來也讓文句加深書籤的深刻意涵，賦予意義。於是，她想了一下題上了「迎向陽光」這幾個字。這是給自己的勉力，不能再沉浸在過往的嘆息埋怨裡了，那是沒有用的。來學畫，接觸以前沒有想過的新事物，就是一個新的開始。

　　不是說，上帝關上一道門也會開啟另一個窗口。發生事故不能再從事餐飲業，這扇門被關上了。藝術或許是另一扇新啟的窗吧。她不是很清楚，只知道畫畫時真得很

快樂，人家說藝術治療也許就是這麼回事吧！藝術是有魔力的。

「愉萱，還可以嗎，手會很酸嗎？」下課了，老師特別來到她身畔問。

「還好，手腕處比較酸而已，都還好。而且看到自己能完成一張圖，就覺得不簡單、很開心，我要拿去給醫生看，謝謝他給我學畫的建議。」

趁著同學已走，她又向老師詢問了許多關於色鉛筆入門的疑問，老師都耐心的一一解答，還說下週會帶一些書來借她看。

就這樣在老師的引領下，她對色鉛筆畫磨出了興趣，每週最期待的就是週四早上的色鉛筆畫畫課。她不只在課堂畫，在家裡只要有空閒時就會拿起筆來練習。握筆時的使勁雖然仍有疼痛感，但作畫時的完全投入和專注，讓她感覺很享受。這是一種活在當下的美好，可以忘卻車禍所帶來的身心創痛。

她的書桌前貼滿了一張張不斷練習後的新作。她發現，透過畫畫的學習，她的笑顏越來越多了起來，心裡的憂傷暗影逐漸縮編，不那麼愛出來攻佔人心了。

2

「我們也一起研習半年囉，之前我們都是畫花，水果、食物、娃娃、生活小物⋯⋯等，下一階段要往建築物；

需要一點素描的概念，我會講到透視的概念，第一堂想讓大家畫老房子，請大家回去找圖片，如果是自己曾住過的老房子那就更好了，畫起來會特別有感情。」

老師說完，同學有人吱吱喳喳講著要畫房子好難喔，有人講起小時候住過阿嬤的三合院，很喜歡紅磚老屋的氣息。而她的心之翅膀已飛往故鄉金門的兒時古厝，在古厝上方的領空盤旋又盤旋……老房子的美麗印記通通紛躍腦海。

想起兒時在廚房和母親一起燒柴火煮菜的忙碌，過年時大家一起貼春聯做年菜的熱鬧，菜裡夾進汗水和木柴香。和堂哥堂姐們在合院前庭的嬉戲、一起窺看後院木麻黃樹上麻雀窩的雛鳥奇趣、和叔叔一起補土砌牆刷門扉油漆的日曬辛苦……當年的苦差事現在想來都成了快樂甜蜜的回憶，時光這一味是把辛苦釀成芳甜回憶的魔法酵素吧。她突然好想念家鄉，想和阿嬤聊聊近況，想請阿嬤拍個古厝照片來當她下次畫畫的範本，結果寄來的照片讓她嚇了一跳。

阿嬤不會用依媚兒，她是請堂哥拍照再寄到她的電子信箱，拉到信的最後面才看到表哥寫的幾行字，原來這是堂哥他們家讓文化局外包 BOT 所剛翻修好的老宅，漆繪都是剛完成不久的，所以比較鮮艷。

堂哥現在也不住珠山這邊，搬到金城鎮上做生意去了，老宅翻修後也還沒決定做什麼之用。

原來是這樣啊！愉萱在心裏喊著，這麼快啊，上次清明回去才聽他們說要整修，沒想到已整理得差不多了。她用手指數算，剛好八個月，好快啊，已經八個月沒回去了，這八個月實在是生命裡最痛苦難熬的日子。還好是八個月，不是九個月、十個月的，她望著只剩八根手指頭的自己的手，不禁又悲從中來的滑下淚來。

　　不行哭啊，不要哭啊，不是說好要迎向陽光的嗎？她看著案頭上的向日葵花書籤告訴自己，不可以再一直往過往看，過去就過去了，必須迎向未來。但未來茫然一片，有什麼可希盼的呢？如大霧阻致的灰濛，她不敢想人生的下一哩路，她纏在焦慮與未知的荒原裡，失落是此刻難以擺脫的心情。

　　她拿起色鉛筆畫了一朵向日葵，把淚水拭去。

　　又畫了一朵又一朵，成片的向日葵花園成型，右手的手指痛到不行，心卻是快樂無比的。

3

　　她把金門古厝的嶄新容顏畫成畫作，還在古厝的右前方畫了幾朵向日葵。把作品拿給老師看時，同學也都過來圍觀，讚嘆聲此起彼落，同學紛說：「太美了，好好看的古厝，是金門嗎？」

「這古厝是我家鄉堂哥家剛整修好的，用這照片來參考畫製，結果畫得太新穎了，沒有了古味，這幾棵向日葵是我自己亂加上去的，真實並沒有哩。」

「不會啊，古厝新顏有另一種嶄新的美，新時代的氣味，蠻特別的。這房子是妳親戚家啊！我聽說金門有許多老房子都整修變成民宿或藝文空間，你們這屋有要往那方向發展嗎？」老師把她的畫拿得很近細細端詳著，還說這牆垣石磚排列的形式可真美。「我也不知，因車禍也好久沒回金門了，不知道堂哥他們將來會如何安排，應該找時間回去走走看看了。阿嬤他們也一直很擔心我的狀況，該回去見見大家。」愉萱說。

「嗯，如果狀況允許該回去看看的，而且妳也可以把金門的老房子畫下來啊。妳說不喜歡整修得太新穎的，那可以去畫更有古味、樸雅的老厝，相信金門一定還很多。建議妳把畫幅加大一點，可以把細節呈現清楚一點，一定很有看頭。我光看照片都覺得金門這種閩南式建築很有特色美，如果用色鉛筆來畫一定更有看頭。」老師又分享了如何畫大尺寸色鉛筆風景畫的一些注意事項。

有了老師的鼓舞動力，回到金門和親戚聚會過後的日子，只要有空閒她就會拿著小畫本到外面去寫生，尋找好看的老房子。不只在珠山、歐厝這邊而已，也到瓊林、水頭……各個古聚落去，好看的老房子真的很多。

寫生和看著照片畫的感覺很不一樣，雖然得忍受日光或寒風，甚至圍觀群眾的干擾，但真實的觀察下可以看到許多細節。她才發現屋瓦擺放的密致之美、牆垣在時光風化下形成的斑剝紋理那麼自然雅樸、許多裸露的紅磚排列出韻律感的奇趣、飛翹的屋脊燕尾有著美麗的弧線、有些坎在屋角的小風獅特別可愛、褪色掉漆的門扉窗櫺充滿古味……許多的細節都是以前沒有注意過的。她也開始注意到屋子旁的樹木種類、飛躍其間的鳥雀種類之豐富，尤其天光雲影的變化，甚至能改變房子所呈現的色澤。同一間老房子在早晨畫、在夕光中畫、在晨霧的朦朧時光中畫，都有不同的色調和光影呈現，讓她十分著迷。

　　她彷彿是位紙上建築師。真正的建築師在土地空間上蓋房子，她則在畫紙上蓋房子，一棟一棟有時光質氣的老屋在她的色鉛筆層層疊疊勾勒塗抹中，被繪建出來。

　　她把作品伊媚兒給老師看，老師不只給與許多技巧上的指導，還貼心地叮嚀她不要操勞過度，要記得休息。還幫她成立了臉書粉絲頁，把她的古厝圖畫通通上傳與大家分享。

　　看到她畫作的粉絲慢慢多了起來，許多人知道她手不方便卻還這麼堅持作畫；要記錄下故鄉的時代風情，都不吝給予鼓勵與讚美的文字，她也從這些鼓勵裡獲得前行的動力。每當畫到手指疼痛，眼睛、脖子痠疼不已時，看到

這些因畫結緣的陌生人給與的鼓勵詞彙，就感覺心情暖和起來，酸疲也減去大半。

　　她的古厝畫作在網路間留傳，被愛畫的人們轉貼分享著，無意間也讓金門日報的工作夥伴所看見，把她推薦給文化局的公務人員，因為他們正打算出版一本介紹金門古厝的繪本，正在找繪者，看到她畫的圖覺得很適合。

　　「我真的可以嗎？這些圖真得夠水準可以印成書籍嗎？」愉萱詢問著堂哥。

　　「畫得這麼棒，當然可以的，啊，我想到了，我們的古厝也全部整修完畢了，我想經營有販售書籍與咖啡的藝文空間，兼具藝廊的性質，第一檔就由妳的古厝色鉛筆畫打頭陣。在古厝裡展金門老房子的畫作，實在太適合了。」

　　堂哥開心的說著，她還沒有頭緒愣愣地說：「開畫展，我？」

　　「對啊，就是畫展，妳累積的古厝畫作也不少了，就定名為『古厝新顏』，我會好好幫你策畫和佈展，也會把一些作品印成明信片。對了妳一定要邀妳的老師來金門。」

　　「嗯，一定要的。」

4

　畫展如期在堂哥的新古厝開展了，開幕時當她看著滿牆的畫作，淚水已經湧在眼眶打轉。是藝術開啟了人生的新顏，肉體的痛依舊在，但心靈卻愉悅歡喜。

　她知道自己終會如向日葵一樣，迎向陽光，無懼──

臺南作家作品集　全書目

●第一輯

1	我們	黃吉川　著		100.12	180元
2	莫有無——心情三印——	白　聆　著		100.12	180元
3	英雄淚——周定邦布袋戲劇本集	周定邦　著		100.12	240元
4	春日地圖	陳金順　著		100.12	180元
5	葉笛及其現代詩研究	郭倍甄　著		100.12	250元
6	府城詩篇	林宗源　著		100.12	180元
7	走揣臺灣的記持	藍淑貞　著		100.12	180元

●第二輯

8	趙雲文選	趙　雲　著	陳昌明　主編	102.03	250元
9	人猿之死——林佛兒短篇小說選	林佛兒　著		102.03	300元
10	詩歌聲裡	胡民祥　著		102.03	250元
11	白髮記	陳正雄　著		102.03	200元
12	南鵲是我，我是南鵲	謝孟宗　著		102.03	200元
13	周嘯虹短篇小說選	周嘯虹　著		102.03	200元
14	紫夢春迴雪蝶醉	柯勃臣　著		102.03	220元
15	鹽分地帶文藝營研究	康詠琪　著		102.03	300元

●第三輯

16	許地山作品選	許地山　著	陳萬益　編著	103.02	250元
17	漁父編年詩文集	王三慶　著		103.02	250元
18	烏腳病庄	楊青矗　著		103.02	250元
19	渡鳥——黃文博臺語詩集 1	黃文博　著		103.02	300元
20	吧哖兒女	楊寶山　著		103.02	250元
21	如果‧曾經	林娟娟　著		103.02	200元
22	對邊緣到多元中心：臺語文學主體建構				

●第七輯

40	府城今昔	龔顯宗 著	106.12	300元
41	臺灣鄉土傳奇 二集	黃勁連 編著	106.12	300元
42	眠夢南瀛	陳正雄 著	106.12	250元
43	記憶的盒子	周梅春 著	106.12	250元
44	阿立祖回家	楊寶山 著	106.12	250元
45	顏色	邱致清 著	106.12	250元
46	築劇	陸昕慈 著	106.12	300元
47	夜空恬靜——流星 臺語文學評論	陳金順 著	106.12	300元

●第八輯

48	太陽旗下的小子	林清文 著	108.11	380元
49	落花時節 - 葉笛詩文集			
		葉笛 著 葉蓁蓁、葉瓊霞編	108.11	360元
50	許達然散文集	許達然 著 莊永清 編	108.11	420元
51	陳玉珠的童話花園	陳玉珠 著	108.11	300元
52	和風 人隨行	陳志良 著	108.11	320元
53	臺南映像	謝振宗 著	108.11	360元
54	【籤詩現代版】天光雲影	林柏維 著	108.11	300元

●第九輯

55	黃靈芝小說選（上冊）	黃靈芝 原著 阮文雅 編譯	109.11	300元
56	黃靈芝小說選（下冊）	黃靈芝 原著 阮文雅 編譯	109.11	300元
57	自畫像	劉耿一 著 曾雅雲編	109.11	280元
58	素涅集	吳東晟 著	109.11	350元
59	追尋府城	蕭 文 著	109.11	250元
60	臺江大海翁	黃 徙 著	109.11	280元

臺南作家作品集 78（第十二輯）

05
竊笑的憤怒鳥

國家圖書館出版品項目編目

竊笑的憤怒鳥 / 郭桂玲著 . -- 初版 . -- 臺北市
：卯月霽商行；臺南市：臺南市政府文化局，
2022.12　面；　公分 . --（臺南作家作品集 .
第十二輯；78）
ISBN 978-626-95663-4-1　（平裝）
863.57　　　　　　　　　　　111020518

作　　　者｜郭桂玲
總　　　監｜葉澤山
督　　　導｜陳修程、林韋旭
編輯委員｜王建國、李若鶯、陳昌明、陳萬益、廖淑芳
行政編輯｜何宜芳、陳慧文、蔡宜瑾

總 編 輯｜林廷璋
執行編輯｜烏石設計
封面設計｜陳文德

出　　　版
卯月霽商行
地　　　址｜104001 臺北市中山區中山北路一段 56 巷 2 之 1 號 2 樓
電　　　話｜02-25221795
網　　　址｜https://enka.ink
服務信箱｜enkabunko@gmail.com
臺南市政府文化局
地　　　址｜永華市政中心：70801 臺南市安平區永華路 2 段 6 號 13 樓
　　　　　　民治市政中心：73049 臺南市新營區中正路 23 號
電　　　話｜06-6324453
網　　　址｜https://culture.tainan.gov.tw

印　　　刷｜合和印刷有限公司
總經銷商｜大和書報圖書股份有限公司
法律顧問｜華洋法律事務所　蘇文生律師

定　　　價｜新台幣 220 元
初版一刷｜2022 年 12 月
版權所有，不得轉載、複製、翻印，違者必究　如有缺頁或破損，請寄回更換

GPN　｜　1011102160　｜臺南文學叢書 L155　｜局總號 2022-697